Rififi sur le mont Olympe

Cet ouvrage a reçu les prix
Sélection « 1000 jeunes lecteurs » 1996 UNCBPT
Prix littérature enfantine Martel 1996
Prix de Clermont-Ferrand 1997
*Prix du Salon du livre pour enfants
de Valenciennes 1997*

Une fiche pédagogique consacrée à ce livre se trouve
sur le site Casterman à la rubrique « enseignants » :
http://jeunesse.casterman.com/enseignants.cfm

casterman
87, quai Panhard-et-Levassor
75647 Paris cedex 13

www.casterman.com

ISBN : 978-2-203-03063-3 – N°d'édition : L.10EJDN000724.C003

© Casterman, 1995 et 2010 pour la présente édition
Achevé d'imprimer en août 2011, en Espagne par Novoprint.
Dépôt légal : janvier 2010 ; D. 2010/0053/135

Déposé au ministère de la Justice, Paris
(loi n° 49.956 du 16 juillet 1949 sur les publications destinées à la jeunesse).

Tous droits réservés pour tous pays.
Il est strictement interdit, sauf accord préalable et écrit de l'éditeur, de reproduire (notamment par photocopie ou numérisation) partiellement ou totalement le présent ouvrage, de le stocker dans une banque de données ou de le communiquer au public, sous quelque forme et de quelque manière que ce soit.

Béatrice Bottet

Rififi
sur le
mont Olympe

Illustré par Hélène Prince

1

L'OLYMPE S'ENNUIE

— Eh bien mes amis, comme tous les jours, le temps est magnifique sur l'Olympe. Soleil radieux, quelques petits nuages discrets, mais rassurez-vous, il ne pleuvra pas, bien sûr…

La voix d'Hermès se répandait dans les salles du palais et se répercutait en douceur sur les colonnes de marbre et les moulures dorées pour les premières nouvelles du jour.

Hermès était chargé des communications. Évidemment, on le connaissait surtout comme messager des dieux et, chez les humains, les commerçants et les voyageurs l'avaient spécialement adopté, mais enfin, les messages, il n'y en avait pas tous les jours, alors, pour s'occuper, Hermès avait entrepris de faire une émission quotidienne

5

d'actualités. Jusqu'où ne va pas se nicher le don de la communication !

Cependant, à part la petite chronique des scandales amoureux, il n'y avait pas grand-chose à dire. Or, justement, il faut avec ce sujet délicat un minimum de discrétion. Hermès ne pouvait se permettre de raconter les amours de Zeus, qui lui en aurait ensuite voulu des justes colères d'Héra (« Silence sur tout ça, hein, mon petit Hermès ? — Bien sûr, chef »). Il ne pouvait pas davantage raconter celles d'Aphrodite, qui s'enflammait pour le premier joli garçon venu, dieu, demi-dieu, héros ou humain, ç'aurait été interminable. Ni celles d'Athéna ou d'Artémis, sérieuses, oh là là, si désespérément sérieuses.

Bref, parler des amours des dieux, c'était assez périlleux. Les aventures des hommes, amoureuses ou non, offraient souvent des considérations amusantes, mais on ne peut pas s'y attarder trop souvent. Ce ne sont jamais que des hommes après tout.

Il ne restait que les cours de la Bourse : la liste des sacrifices offerts à chacun. Douze bœufs sacrifiés à Corinthe pour Zeus. Sa cote remonte, à moins que le roi ne prépare le terrain pour sa prochaine guerre contre Lacédémone en offrant au plus grand des dieux ce joli présent. Quatre jeunes filles d'Asie

Mineure se consacrent à Artémis, saluons leur vertu. Trente amphores de vin répandues sur l'autel de Poséidon, en remerciement pour un voyage en mer qui s'est bien terminé.

C'était d'un monotone… La rubrique cuisine manquait d'originalité. Il n'y a pas trente-six manières d'accommoder le nectar et l'ambroisie. La météo ? Là aussi, monotonie assurée : sur l'Olympe, il faisait toujours beau. Les petits nuages n'étaient là que pour faire joli dans la journée et assurer le soir de somptueux couchers de soleil, quand l'or des derniers rayons ourle les nuages sombres sur fond rouge-orange. Le genre de spectacle que ce pauvre Hélios, et pour cause, ne voyait jamais. Il n'arrivait que quand tout était fini. Ah, il avait bien regretté d'avoir une fois, une seule, confié le char du soleil à Phaéton, son fiston ! Que de catastrophes ce jour-là ! Enfin, Hermès avait raconté tout ça en direct aux actualités et ç'avait été un de ses plus beaux reportages.

Mais pour aujourd'hui, il ne pouvait qu'étirer la météo avant de rendre l'antenne.

— … Vent faible, à peine un léger zéphyr d'est en ouest, douze kilomètres heure en rafales…

— On me demande ? dit Zéphyr en entrant dans le studio en coup de vent.

— Mais non, c'est juste la météo, tu te laisses prendre à chaque fois, protesta Hermès, la main sur le micro.

— Oh, excuse-moi, se confondit l'assistant d'Éole, dieu des vents, et il partit en claquant la porte en courant d'air, tandis qu'Hermès continuait :

— Il ne me reste plus qu'à vous convier dans la grande salle, autour de notre cher Zeus, pour un amical petit déjeuner de nectar et d'ambroisie.

Comme d'habitude.

Dans sa chambre, Héra, qui ajustait la dernière fibule de sa tunique, soupira :

— Quelle monotonie !

Poséidon secoua l'écume de ses cheveux et de sa barbe, essuya les gouttes d'eau de mer sur son torse, posa son trident dans le porte-parapluies de l'entrée et grommela :

— La routine, toujours la routine !

Aphrodite enroulait des fleurs fraîches dans ses cheveux.

— Il ne se passe pas grand-chose, ces derniers temps. Ce n'est pas que je m'ennuie, j'ai mes amants, mais la vie manque tout de même de sel.

Hadès croisa Héphaïstos dans les couloirs et ils firent route ensemble vers le petit déjeuner :

— Qu'est-ce que tu deviens ?

— Oh, rien de particulier, toujours pareil.

Athéna ajusta son casque en se demandant : « Quand aurons-nous une petite guerre, qu'on puisse s'amuser un peu ? »

C'était exactement ce que se disait Arès au même moment en laçant sa cuirasse. Et ainsi tous, les grands dieux et les dieux secondaires, en sortant de leurs chambres, en discutant dans les couloirs de marbre pour se rendre à l'obligatoire réunion du matin sous l'autorité de Zeus, se montèrent mutuellement le bourrichon. La rumeur enfla. Manifestement, ça ne tournait pas rond sur l'Olympe.

— Qu'est-ce qu'ils ont ? s'inquiéta Zeus qui avait fini par s'en rendre compte.

— Une manif ? espéra Hermès, ravi.

— Mais qu'est-ce qu'ils veulent ?

Insensiblement, la grogne gagnait…

— Eh bien, eh bien, mes enfants, fit Zeus, qu'est-ce qui ne va pas ?

La digne Héra prit la parole :

— L'Olympe entier s'ennuie, grand Zeus. Il nous faudrait des distractions.

— Vous pourriez vous déguiser, suggéra Zeus, lui-même grand spécialiste des changements d'apparence.

— Oh, des métamorphoses, toujours des métamorphoses, dit Héra d'un ton las.

— Et si je lançais sur terre un petit orage, histoire d'effrayer les humains, hein ? Nous les verrions courir dans tous les sens pour s'abriter, et ensuite ils feraient plein de sacrifices pour m'apaiser.

— Oh, des orages, toujours des orages…

— Ce que nous voudrions, c'est faire comme les hommes.

— Comme les hommes ? s'étrangla Zeus, épouvanté. Mais ils sont mortels.

— Il s'agit bien de ça ! Mais ils ont des ennuis, eux. Ils sont obligés de se battre pour survivre…

— Se battre, soupira Athéna, l'œil brillant.

— Nos mésaventures valent bien les leurs, croyez-moi, dit Zeus d'un ton supérieur. Regardez-les.

Les dieux se penchèrent aux grandes fenêtres du palais, et comme ils avaient tous d'excellents yeux, ils virent les petits humains qui, dans la lointaine Grèce, en bas, s'affairaient à leurs affaires humaines. Certains se faisaient la guerre, d'autres chassaient, gardaient des troupeaux, voguaient sur la mer, les femmes filaient la laine et s'occupaient des enfants, on se séduisait, on faisait de la politique, on discutait.

— Et voilà, démontra Zeus. Ont-ils l'air plus heureux que vous ? Ils souffrent, ils meurent, ils se disputent, ils ne savent pas ce qu'ils veulent…

Hermès fit remarquer finement qu'à part la mort, il en était de même pour les dieux.

— Nous, ce qu'on voudrait, c'est juste un peu de piment dans nos vies.

— Je ne vois pas vraiment… hésita Zeus. Écoutez, si vous voulez, on va organiser ici un beau mariage. Vous serez contents, vous qui aimez tant les mortels. Il s'agit de Pélée. Il y a longtemps qu'on en parlait. Viens ici, Thétis.

La Néréide, charmante et douce, s'avança.

— Tu ne voulais pas de lui et maintenant, tu as changé d'avis, si je me souviens bien.

— Oui, grand dieu, fit Thétis dans une révérence. Pélée a montré, après quantité d'épreuves que je lui ai imposées, qu'il n'était pas un humain quelconque.

— Pas de mariage à la sauvette pour un humain extraordinaire. Nous allons faire ici pour vous deux une grande cérémonie. Tu es contente ?

— Merci, grand dieu, fit Thétis sans manifester d'émotion.

Un petit mariage tout simple ne lui aurait pas déplu non plus. Quand on est amoureux, ce n'est pas l'apparat qui compte.

— Et vous, vous êtes contents ?

— C'est vrai, un bon petit mariage nous changera de la routine, admirent poliment dieux et déesses.

— Il leur en faut peu pour qu'ils soient contents, souffla tout bas Zeus à Hermès.

— C'est ce que j'allais dire, confirma Hermès d'un air complice.

— Eh bien, tu vas pouvoir préparer les invitations !

— Et le reportage en direct du mariage. Il faut que je prépare mes petites fiches sur les jeunes époux et sur les invités de marque.

Une déesse secondaire regardait tout ça d'un air un peu absent.

« Je parie que cet idiot va m'oublier, se dit-elle. On m'oublie toujours, et si par hasard on ne m'oublie pas, je dirai que je n'ai pas reçu l'invitation… Ah, ils veulent du piment dans leur vie ? Eh bien, je vais leur en mettre ! Je garantis une cérémonie de mariage dont on se souviendra… »

Ce n'est pas qu'elle était franchement moche, mais elle avait le regard en dessous. Un petit air, comment dire ? un petit air retors et satisfait à la fois. Elle avait déjà son stratagème en vue : normalement, ce stratagème attiserait les haines entre les déesses pour plusieurs semaines, avec un peu de chance pour plusieurs mois, voire une pleine année, et les dieux, bien sûr, seraient obligés de prendre parti pour l'une ou l'autre et d'entrer dans

le conflit. Finalement, il n'y avait pas besoin de grand-chose pour mettre tout l'Olympe à cran…

— Eh bien, Éris, à quoi penses-tu ? demanda Zeus, qui avait tout de même un œil partout.

— À rien, à rien de spécial, dit l'hypocrite.

— Je sens qu'elle nous prépare un mauvais coup, fit remarquer Hermès. Ce n'est pas pour rien qu'on t'appelle Discorde, hein ma vieille ?

Éris détestait l'humour d'Hermès. Elle s'en fut dignement se servir quelques fruits. Les autres s'écartèrent quand elle approcha de la table.

Où Éris passait, avec sa mauvaise foi, les disputes commençaient. On préférait la tenir à l'écart, et elle-même s'en trouvait bien. Le contact des autres la hérissait. Si elle s'amusait, c'était toute seule, à remâcher ses mauvais coups.

Elle quitta la salle pour commencer à préparer à sa manière la cérémonie du mariage.

— La pauvre, fit Aphrodite, qui avait bon cœur. Ne jamais sourire, être toujours détestée comme ça, ne pas savoir faire autre chose que répandre la haine…

— Tout le contraire de toi, mon cœur, fit ce coquin d'Hermès qui, depuis quelque temps, essayait en vain de la séduire. Toi, tu es tout sourire, tout le monde t'aime et tu dispenses le plaisir.

Aphrodite lui décocha ce qu'elle faisait de plus charmant en matière de sourire et accepta tout ensemble le compliment et le fruit qu'il lui tendait.

On oublia Éris. Les déesses parlaient déjà de la façon dont elles allaient s'habiller pour le mariage. Les accès d'humeur chez les dieux ne duraient jamais bien longtemps.

2

À LA PLUS BELLE

Éris descendit sur terre et vola deux pommes à un étalage, sur un marché d'Athènes. Elle ne se retourna pas, mais sourit quand elle entendit la dispute que son larcin avait déclenchée.

— Mes pommes, mes belles pommes ! J'en avais là quatorze, il m'en manque deux. Il n'y a que toi qui as pu me les voler, rends-les-moi.

— Moi ? Pourquoi donc irais-je voler tes pommes ? D'abord, j'ai de quoi payer ce que je mange. Ensuite, je préfère les figues. Si j'avais voulu voler quelque chose… Et puis je suis assez occupé avec ma clientèle.

— Ta clientèle, parlons-en. Il ne vient personne à ton étal, avec la marchandise médiocre que tu présentes…

— Médiocre ! Médiocre mon miel ? Médiocres mes pâtisseries aux noix ? J'y ai passé la nuit, moi, à pétrir ma pâte. Je n'attends pas bêtement que les pommiers et les figuiers fassent le travail tout seuls !

Éris, fort satisfaite, croqua avec délectation dans la première pomme tandis que la querelle s'envenimait. La deuxième pomme, elle se la gardait pour plus tard...

De retour dans sa demeure céleste, elle mit à sa porte un petit panneau : « Ne pas déranger ». Puis elle s'installa confortablement, retira de ses cheveux une longue aiguille d'or qui maintenait son chignon et entreprit de graver d'une belle écriture quelques lettres dans la peau fine de la pomme. Elle faisait cela très délicatement, en retirant les lambeaux de peau et en creusant la pulpe pour que l'inscription soit bien lisible.

Toc, toc, toc.

Elle grommela. Elle avait pourtant bien signalé qu'elle ne voulait pas qu'on la dérange.

— Tu es là ? dit la voix d'Hermès derrière la porte. Je sais bien que tu es là.

— J'ai prié qu'on ne me dérange pas. Va-t'en, je travaille.

— Mademoiselle travaille, mademoiselle travaille, chantonna Hermès d'un ton taquin. Bon, alors tu ne veux toujours pas ouvrir ? J'ai un message pour toi...

« Ni ouvrir, ni répondre à ce morveux », se dit Éris.

— Bon, alors je le glisse sous la porte, et bon travail, hein.

« C'est ça, monsieur Cause-toujours. »

Hermès s'éloigna en chantonnant et en sautillant, comme il le faisait toujours.

Éris alla ramasser le message. C'était tout simplement le faire-part pour le mariage de Thétis et de Pélée. Il y aurait banquet, réjouissances, bal. On allait bien s'amuser.

« Oh oui, souligna-t-elle du fond de son cœur, on va bien s'amuser. »

Un petit coup d'œil incendiaire sur l'invitation carbonisa illico le carton. Elle dirait qu'elle ne l'avait jamais reçu. Et elle caressa de la main la pomme sur laquelle elle avait patiemment gravé :

À LA PLUS BELLE

Les dieux ont quelques avantages sur les humains. Outre qu'ils sont immortels, ils peuvent se transformer et se métamorphoser à loisir. Zeus en était spécialiste, comme quelques jolies humaines avaient pu s'en rendre compte. Ils peuvent aussi métamorphoser les autres, par exemple les humains ou les nymphes. Héra en était spécialiste. Surtout sur les conquêtes de son mari. Enfin, passons. Ils peuvent aussi transformer les objets, et c'était ça qui ce jour-là intéressait spécialement Éris.

Hop! dans sa main, tout à coup, la pomme se retrouva en or massif, bien lourde, bien scintillante. Éris la fit briller un peu plus avec un coin de son étole. Les membres de l'Olympe avaient beau avoir tout ce dont on peut rêver, ils restaient assez sensibles au prestige de l'or. Un tel poids d'or pouvait exciter bien des cupidités. Et quant à la dédicace, ses idiotes de consœurs les déesses étaient d'une telle vanité... Oui, décidément, ce serait une très belle cérémonie, la plus belle depuis longtemps.

Pour son mariage, ses sœurs les Néréides avaient fait à Thétis une belle coiffure en chignon torsadé, avec des petites nattes qui s'entrecroisaient et des boucles en zigzag derrière les oreilles et sur la nuque, et des petits accroche-cœur sur le front.

Une robe brodée de volutes dorées, un lourd collier et des boucles d'oreilles assorties, des sandales fines aux lanières lacées sur les chevilles... Elle était ravissante et tout ce qu'elle craignait, c'était que Zeus n'en profite pour faire le joli cœur. Il l'avait déjà fait une fois et c'est pour cela qu'elle devait épouser un mortel. C'est ainsi seulement qu'Héra accepterait de pardonner. Mais elle était vraiment tombée amoureuse de Pélée, et pourtant, elle lui en avait fait voir...

Elle s'avança, tout émue, dans la grande salle où les dieux l'attendaient.

— Ooohhh!... firent-ils avec admiration tandis que Pélée s'avançait pour lui prendre la main.

— Permettez, permettez, c'est à moi de la conduire, fit Zeus en bousculant le fiancé qui, résigné, ne put que s'incliner.

Mais Zeus se montra très bien. C'est lui qui présida la cérémonie du mariage, qui fut belle et émouvante, et il donna ensuite le signal des réjouissances.

On ne peut pas vraiment dire que le buffet était plus somptueux que d'habitude : chez les dieux, la nourriture est toujours parfaite, mais enfin, il y avait des raretés, quelques exotiques plats terriens. Poséidon avait tenu à apporter le caviar et les homards, Hadès les truffes du fond de la terre, Déméter avait commandé le blé le plus blanc et le plus fin pour les canapés et les pâtisseries.

Il n'était plus question de s'ennuyer. Tout le monde trouvait que le mariage était très réussi et Hermès prenait des notes pour son émission du lendemain. On avait le choix entre manger, danser et bavarder. Les déesses comparaient leurs tenues ; les nymphes dansèrent un ballet ; Asclépios, qui avait en charge la médecine, se demandait s'il aurait assez de remèdes et de tisanes pour soigner certains maux de tête ou autres indigestions. Bref, tout allait pour le mieux quand, tout à coup, il y eut un courant d'air.

—Éole, il y a un courant d'air, protestèrent quelques-uns.

—Je ne comprends pas, dit Éole, ce n'est pas moi. Un petit vent galopin, peut-être ?

—Non, dit Éris qui parut alors. C'est moi qui ai ouvert les portes en grand.

Elle tenait à faire une entrée remarquée.

— Je vois qu'on a oublié de m'inviter…

— Ah, mais pas du tout, je proteste, intervint vigoureusement Hermès. Je te rappelle que tu n'as pas voulu ouvrir et que j'ai glissé l'invitation sous ta porte.

— Mon pauvre Hermès, soupira Éris avec commisération, tu sais bien que les trois quarts du temps tu dis n'importe quoi.

Il y eut un petit mouvement de rire dans l'assemblée. Sur ce point, Éris n'avait pas tout à fait tort. À force d'avoir la langue trop bien pendue, Hermès colportait parfois des nouvelles un peu douteuses.

— Ce n'est pas la peine de me faire une sale réputation, dit-il hargneusement.

— Tu l'as déjà, mon cher.

— Pas du tout.

— Ah oui ? Demande à Arès, il me disait justement hier…

— Moi ? dit Arès, étonné. Qu'est-ce que j'ai dit ?

— Oui, d'abord, réclama Hermès, qu'est-ce que tu as dit ?

— Arès n'a pas toujours l'esprit rapide, mais tout de même… continua Éris.

— Comment ça, je n'ai pas l'esprit rapide ! rugit Arès.

— Enfin, moi, pour ce que j'en dis, mais c'est Hermès qui voulait savoir…

Hermès et Arès allaient en venir aux mains.

— Enfin, vous n'allez pas me faire ça le jour de mon mariage, protesta Thétis.

— Tu as raison, ma chérie, ce n'est pas pour mettre Hermès en face de ses erreurs et de ses légèretés que j'étais venue. Je te souhaite tout le bonheur possible avec ce pauvre mortel.

— Merci, balbutièrent les jeunes mariés, ne sachant pas trop comment ils devaient prendre ce vœu.

— Tout de même, il faudra que je règle cette histoire d'invitation manquée avec Hermès, à moins que son pseudo-oubli ne vienne d'une décision de Zeus, naturellement.

— Pas du tout, fit Zeus majestueusement, mais tu sais comment est Hermès...

— Mais, mais, mais... protesta Hermès, éberlué que son patron se défile si lâchement.

— Comment, Hermès ? Toi aussi, tu as été élevé par une chèvre ?

Ils furent deux à être vexés. Hermès, qui avait eu une enfance ordinaire et n'aurait pas aimé être pupille d'un animal, aussi maternel fût-il, et Zeus, dont la dignité prenait vite la mouche quand on rappelait avec trop d'insistance que la chèvre Amalthée avait été sa deuxième maman.

Éris trouva bon de placer là son morceau de bravoure.

— Ah, à propos, dit-elle, avant que je ne m'en aille, tiens, c'est pour toi, fit-elle en se tournant vers le petit groupe que formaient Héra, Aphrodite et Athéna près du buffet.

Toutes trois posèrent ensemble la main sur le cœur et articulèrent de concert : « Pour moi ? » tandis qu'Éris lançait vers les trois déesses sa maléfique pomme d'or qui roula sur le sol et s'arrêta à égale distance des trois belles.

— Mais pour laquelle des trois ? intervint Héphaïstos.

Éris ne répondit pas. Elle avait déjà tourné les talons, disparaissant dans un grand envol de ses voiles sombres.

Pélée, qui se sentait l'hôte de la journée, ramassa la pomme d'or et la tint un moment entre ses mains.

— Ah, il y a une inscription, remarqua-t-il. Comme ça, nous saurons.

Et il lut en toute naïveté l'inscription fatidique :
— À LA PLUS BELLE.

« La gaffe », pensa-t-il en se mordant la langue

d'avoir lu trop vite à voix haute, et il laissa retomber sur le marbre, comme si elle lui avait brûlé les mains, la terrible pomme d'or.

Les trois déesses se jaugèrent l'une l'autre du coin de l'œil, supputant leurs chances, comparant leurs charmes. L'ambiance s'était considérablement refroidie. Thétis sentait son mariage gâché, les dieux trouvaient que cette fois, Éris abusait, avec ses rosseries gratuites et son mauvais esprit permanent. Entre la déesse de la beauté, l'épouse de Zeus et sa fille, on était sûr de faire deux mécontentes, et des histoires.

— Eh bien, Pélée, qu'en penses-tu ? demanda Aphrodite en ondulant avec grâce. C'est à toi de choisir, apparemment.

— Oh, moi, je suis mauvais juge. Il n'y en a qu'une à être vraiment la plus belle aujourd'hui, et c'est ma Thétis. Vous trois, vous êtes mes déesses vénérées, comment pourrais-je choisir ? Et puis, je dois dire, j'ai eu mon lot d'épreuves insurmontables, conclut-il en coulant un regard tendre à sa femme qui lui répondit par un sourire.

— Il me semble que le marié se défile, remarqua acidement Poséidon, qui avait la réputation de bien aimer les décisions rapides et tranchées.

— Allons, oublions les vacheries de cette peste et buvons un coup, suggéra Dionysos qui ne ratait pas une occasion de placer ses petits vins résinés.

— Ah, mais non ! ah, mais non ! le problème n'est pas tranché, le coupa Héra.

Elle avait beau être la plus haute déesse dans la hiérarchie, elle n'était pas toujours très maligne. Et même elle ne l'était pas souvent. Ses jalousies idiotes, les métamorphoses grotesques qu'elle imposait aux pauvres humains, et surtout aux pauvres conquêtes de son mari, ne plaidaient pas en faveur de son intelligence. Au lieu de laisser tranquillement tomber la provocation, elle insista lourdement :

— C'est vrai, au fond, on ne s'est jamais demandé qui de nous trois est la plus belle.

— Qu'importe, dit Zeus en haussant les épaules. Les déesses sont belles par essence. Établir une hiérarchie est stupide.

— Tu me trouves stupide ? bondit Héra.

— Pas du tout, pas du tout, ma bichette, se rattrapa prudemment Zeus, mais enfin, tout cela a-t-il une réelle importance ?

— Je pense sincèrement que cette pomme d'or me revient, fit Héra en levant le menton, tandis que derrière elle, son paon faisait une magnifique roue qui lui servait d'écrin.

— Quelle idiote vaniteuse, marmonna Athéna qui se piquait volontiers de rectitude et d'intelligence, et en conséquence se sentait généralement au-dessus de tout le monde.

— Qu'est-ce que tu dis ? sursauta Héra tandis que le paon refermait brusquement son éventail.

— Rien, rien, fit Athéna de son énervant ton supérieur.

— Mademoiselle Athéna se croit tout permis, bien sûr. Mademoiselle Athéna nous méprise allégrement, nous les déesses qui ne sommes pas des guerrières patentées à l'âme métallique comme sa cuirasse et son casque. Mademoiselle Athéna est insensible, mais moi, MOI, j'ai du sentiment, et j'aimerais assez savoir si on m'estime digne de la pomme, plaida Héra avec véhémence.

— Peuh, laissa tomber Athéna.

Zeus soupira, anéanti :

— Arrêtez, vous me cassez la tête avec vos histoires. Surtout toi, ma fille, comme le jour où tu es née...

Le grand dieu rappelait à tout bout de champ l'extraordinaire naissance d'Athéna. Pour résumer, il avait eu une affaire amoureuse avec la nymphe Métis qui en fut enceinte. Et voilà qu'un devin vint raconter à Zeus que l'enfant à naître allait détrôner son père, régnerait sur le ciel et la terre, monterait les hommes contre lui et autres prédictions à peine dignes d'une voyante à boule de cristal de quartier. Pour couper court à cette histoire, Zeus avait avalé sa compagne. Quand on y pense, il faut le faire. Mais la grossesse avait continué. Et Zeus un matin s'était réveillé avec une migraine à se taper la tête contre les murs. Les potions d'Asclépios n'y firent rien. Manifestement, le grand dieu avait dans le crâne un corps étranger. Il commanda à Héphaïstos de lui fendre le crâne (de toute façon, il ne risquait rien, on est immortel ou on ne l'est pas). Héphaïstos brandit une hache, poussa un ahan et ouvrit comme une noix de coco le crâne de Zeus. Athéna jaillit de la blessure

tout armée, avec son casque, sa cuirasse, son bouclier, sa lance, sa chouette sur l'épaule, ses éternels vingt ans et ses beaux yeux bleu-vert. Bref, elle n'était pas peu fière de cette naissance hors normes.

Zeus, lui, s'en était remis, mais sa fille, qui en véritable garçon manqué entrait dans toutes les bagarres, lui redonnait un peu trop souvent ce fameux mal de tête. « Occupe-toi un peu des garçons », suggérait-il. « Oh, les garçons, disait Athéna, je ne les aime que pour me battre contre eux. Pour le reste… » Athéna n'avait jamais eu de flirt, et elle semblait mal partie pour en avoir, trouvant le divertissement trop commun. Zeus pensait qu'elle serait la dernière à s'intéresser au coup de la pomme de Discorde. Mais en revanche, pour taper sur les nerfs d'Héra, elle savait. Et Zeus ne voulait pas de ce genre de querelle dans son foyer.

— Est-ce que je ne suis pas la plus belle, mon Zeus ? minauda Héra.

— Ah oui ? Pourquoi toi ? Pourquoi moi je ne serais pas la plus belle ? demanda agressivement Athéna.

— Parce que tu ne t'es jamais intéressée à ce genre de choses, voilà pourquoi, répliqua Héra.

— Il y a un début à tout. J'ai justement envie de séduire un peu, ces temps-ci…

Éros, qui voletait toujours par-ci par-là avec son arc et ses flèches d'or, fut si ébahi de cette déclaration qu'il en oublia de remuer les ailes et tomba avec un grand boum sur le carrelage de marbre, en s'amortissant à peine de ses petites fesses dodues.

— C'est vrai, ma fille, tu as de beaux yeux pers, mais crois-tu qu'il soit raisonnable d'entrer dans cette querelle maintenant ? dit Zeus.
— Parfaitement. Je persiste à penser que je suis aussi bien qu'une autre, et même plutôt mieux, et tout à fait digne de participer à un concours de beauté.

Zeus soupira lamentablement. Qu'Héra fasse des histoires, il était habitué. Mais Athéna, sa fille la plus raisonnable, la plus sensée des déesses de l'Olympe…

— De toute façon, ne vous fatiguez pas, vous savez parfaitement que c'est moi qui mérite la pomme, dit Aphrodite de sa voix suave en sortant le plus charmant de ses sourires et en ondulant légèrement pour faire bouger la soie de sa robe sur son corps.

— Tiens, on ne l'avait pas encore entendue, celle-là.

— Sincèrement, est-ce que je ne suis pas la plus belle ? Oh, je ne reproche rien à Héra ni à Athéna, mais enfin, chacun sa spécialité. Je suis la plus belle, demandez à tous les dieux qui sont ici, à pas mal de mortels aussi. Ce n'est pas de ma faute, je m'excuse, mais je ne pense pas qu'on puisse m'enlever le prix.

— Celle-là, elle ne sait rien faire d'autre qu'onduler... dit Héra.

— ... et faire vibrer sa voix sensuelle pour vous embobiner, renchérit Athéna.

— Mais je ne le fais pas exprès, répéta Aphrodite, c'est naturel.

— La sensualité, la sensualité, c'est bien joli, mais ça ne veut pas forcément dire la beauté, attaqua Héra.

— D'ailleurs, tu as des traits ordinaires, fit fielleusement remarquer Athéna.

— Peut-être, mais ils plaisent, dit Aphrodite sans rancune. N'est-ce pas, Zeus ?

— Si on buvait un coup ? reprit Dionysos.

— Oui, c'est ça, buvons un coup, on en a assez de vos petites histoires, dirent les autres dieux. On ne va pas continuer à gâcher le mariage de la pauvre Thétis.

— Pas avant que Zeus ait tranché et dit à qui irait la pomme, dit Héra d'un ton sec.

— On pourrait la partager, dit Zeus, conciliant, à qui le mot « tranché » avait donné l'idée.

— Pas question !

— Alors pas question que je prenne la décision aujourd'hui. Je veux continuer à faire la fête. Nous réglerons le problème à tête reposée demain.

— Tu promets ? insistèrent les trois déesses.

— Je promets de prendre une décision, confirma Zeus de guerre lasse.

Il ramassa la pomme d'or et la fit sauter dans sa main. Il sentait qu'il n'était pas au bout de ses ennuis. Et en plus de tout ça, il faudrait qu'il pense à faire sévèrement la leçon à cette peste d'Éris. Enfin, pour aujourd'hui, l'incident était clos. La fête recommença. Chacune des trois déesses alla dans son coin en refusant de parler aux deux autres.

Certains prirent des paris. Hermès griffonnait des pages entières de notes.

Tournant autour des piliers pour que sa femme ne le voie pas, Zeus commença à lancer des assauts fripons vers certaines jolies nymphes qui lui semblaient bien appétissantes.

UN MORTEL BÊTE, TRÈS BÊTE

Le lendemain matin, Zeus n'était pas très frais. Il avait dû forcer un peu trop sur les petits vins de la cave personnelle de Dionysos. Hermès donnait déjà les premières actualités. Et là, au compte rendu frénétique et radiophonique du dieu-journaliste, Zeus se rappela : la pomme d'or, la querelle idiote entre les trois déesses, le choix qu'il devait faire. Non, décidément, il ferait bien de s'accorder un petit délai et de se rendormir.

Il se mit la tête sous un cumulonimbus et s'efforça d'éloigner le problème de son esprit le temps d'une toute petite grasse matinée.

Il eut à peine le temps d'en profiter. Aussitôt son journal du matin terminé, Hermès faisait irruption chez lui :

— Je ne te dérange pas ? Est-ce que tu as une mission à me confier ? Un message à porter ?

Sans façon, Hermès prit un croissant sur le plateau du petit déjeuner de son patron et s'assit sur le bord de son lit.

— Si, tu me déranges, et non, je n'ai pas de mission pour toi aujourd'hui, grogna Zeus en se retournant sur son matelas moelleux.

— Je te rappelle respectueusement que tu as promis aux trois déesses…

— Je sais parfaitement ce que j'ai promis aux trois déesses et c'est bien pour ça que j'aimerais me rendormir.

— Tu as une idée ? Laquelle vas-tu choisir ? fit l'autre en insistant, avec son habituelle cruauté rieuse.

Zeus chercha quelque chose à lui lancer à la figure. Il ne trouva pas d'éclair sous sa main et se contenta d'envoyer un stratocumulus qui avança mollement et qu'Hermès n'eut aucune peine à éviter.

— Figure-toi, grand dieu, que j'ai eu une idée.

Zeus tendit un peu l'oreille et se dressa sur son séant. Hermès entama un deuxième croissant.

— Eh bien, cette idée…

— Tu ne sais laquelle choisir pour ne pas avoir d'histoires…

— Alors là, bravo pour cette fine conclusion, ironisa Zeus.

— Alors, il ne faut pas choisir.

— J'ai promis, tout de même.

— Tu n'as pas promis de choisir entre elles. Tu as promis de prendre une décision. Nuance. Alors voilà. Écoute bien.

Zeus s'était levé, il était tout ouïe. Les bonnes idées d'Hermès étaient réputées, sur l'Olympe.

— Il suffit de dire que tu remets le choix entre les mains de quelqu'un de complètement neutre.

— Mais enfin, dans cette histoire, personne ne peut être complètement neutre. Les dieux comme les déesses refuseront de prendre parti, tu les connais.

— Qui parle de dieux et de déesses ? Il y a les humains…

— Les humains ? Tu veux rire…

— Pas du tout. Pour ce qu'ils servent… L'un d'entre eux pourrait se montrer utile, pour une fois. Et s'il y a des conséquences, c'est sur eux que ça retombera. Nous, ici, on sera tranquilles.

Zeus, assez séduit par l'idée, passa pensivement sa main dans sa belle barbe bouclée.

— Pas mal, pas mal, marmonna-t-il pendant au moins dix minutes.

Après quoi il reprit :

— Il faudrait en trouver un assez bête.

— Là, on a le choix, fit remarquer Hermès.

— Oui, naturellement, vu comme ça.

L'idée continuait lentement à se mettre en place dans le cerveau de Zeus. Oh, quelle bonne solution ! Quoi qu'il se passe, quel que soit le choix définitif, ce serait le choix du mortel, et la querelle finirait vite par s'apaiser entre les trois déesses. Elles reprendraient chacune leurs occupations favorites et on n'en parlerait plus, sinon pour en rire à quelque futur banquet.

— Eh bien, mon petit Hermès, je crois bien que je vais te donner tout de même une mission pour aujourd'hui : mène l'enquête, trouve-le-nous, ce fameux humain qui ferait si bien l'affaire et...

Zeus s'interrompit. Des pas dans le couloir.

— Zut, Héra, déjà ! Il va falloir jouer finement.

En effet, Héra entra avec son habituelle majesté et son paon qui se tourna à droite, puis à gauche, pour faire mieux admirer sa merveilleuse roue.

— Ma pauvre épouse, fit Zeus après le bisou du matin, comment peux-tu supporter un animal aussi bête et aussi ridicule ?

— Bête ? Je ne trouve pas. En tout cas, il ne passe pas inaperçu.

— En effet, commenta Hermès.

— Toi, on ne t'a rien demandé. C'est vrai, à la fin, il est toujours en train de mettre son grain de sel partout, celui-là. Et en plus, toi, tu le crois toujours, tu suis ses prétendus bons conseils, comme si c'était un bras droit digne de confiance. Mais enfin, ce n'est pas pour discuter d'Hermès ou de mon paon que j'étais venue.

— Ah non ? questionna doucereusement Zeus. Tu as un problème dans la gestion ou la bonne tenue de l'Olympe ?

— Il y aurait en effet besoin de remettre un peu d'ordre dans l'intendance de cette maison, il y a du gaspillage, médita un instant Héra, en bonne déesse des maîtresses de maison qu'elle était. Mais non, se reprit-elle, ce n'était pas pour ça. Tu te rappelles, hier, que...

Toc, toc, toc...

Athéna entra, cliquetant de toute sa cuirasse. Sa chouette un peu endormie hulula doucement.

— Bonjour, père, lança-t-elle, ignorant superbement les deux autres.

— Tu dis que mon paon est bête, mais quand je vois sa chouette !

— Notre Héra est déjà en train d'essayer de te circonvenir ? Ne te laisse pas faire, père. Juge en toute impartialité, comme à ton habitude.

— C'est ça, ma fille. Et je suppose que tu n'es pas venue pour essayer de m'influencer ?

— Pas du tout. Simplement pour te rappeler des évidences. En général, tu es un bon père, mais je trouve que tu ne me regardes pas assez souvent. Tu ne trouves pas que j'ai changé ? Que je suis beaucoup mieux que dans ma jeunesse ?

— Mais ma chérie, tu seras toujours jeune.

— Et jolie ? s'inquiéta Athéna.

— Pas aussi jolie que moi, dit en souriant Aphrodite qui justement passait dans le couloir.

Comme la porte était restée ouverte, elle était tout naturellement entrée.

— Bien sûr, bien sûr, marmonna Zeus.

Les cris d'exclamation des trois déesses fusèrent, comme si elles étaient prises de folie :

— Et moi ?

— Et moi ?

— Je crois qu'il n'est que juste que je remporte la pomme.

— Mes chéries, vous savez bien que je suis beaucoup mieux que vous !

— Enfin, fais-leur comprendre, grand dieu…

— Ouh… ouh…

(C'était la pauvre chouette, assourdie, qui battait mollement des ailes.)

— Mon charme…

— Mes yeux pers…

— Je suis la plus belle, tout de même…

— Demandez à Arès, pour voir.

— Et alors, ce mortel m'a dit : « Je n'ai jamais vu un tel charme… »

— Et mon temple, que toutes les mortelles vénèrent ?

— C'est comme quand Héphaïstos…

Et ainsi de suite.

— Jette-les-moi toutes les trois dehors, dit Zeus à Hermès d'un ton las, avec un petit geste de la main.

— Ah non ! ah non ! tu as promis de choisir, clamèrent les trois déesses.

— Je n'ai pas promis de choisir, j'ai promis de prendre une décision. Nuance, dit Zeus.

— Oui, mais quelle décision ?

— Je vous en ferai part quand vous serez calmées. En attendant, laissez-moi un peu.

Les déesses partirent en piaillant.

— Il faut trouver une solution rapide. Très rapide. Un mortel bête. Très bête.

— Je descends sur l'heure t'en dénicher un, grand dieu. Tu vas voir, tu ne seras pas déçu.

4

PÂRIS, GARDIEN EN CHEF DES TROUPEAUX DU PALAIS

On pense peut-être que la quête d'Hermès pour trouver cet humain allait durer des jours, ou des mois.

Eh bien, pas du tout, car pour les dieux, le temps ne s'écoule pas comme pour les hommes. Hermès descendit sur terre et mena une enquête serrée en Grèce et dans les environs, ce qui le mena jusqu'en Asie Mineure, comme on disait alors, près d'une ville qu'on appelait Troie. Il y avait là des prés un peu râpés — le soleil tapait, la terre était caillouteuse —, dans ces prés des moutons, et près de ces moutons, commis à leur garde, un beau jeune homme.

— Comment t'appelles-tu, beau jeune homme ? demanda le dieu.

— Pâris, répondit obligeamment le berger. Je peux quelque chose pour toi ?

— Je fais une enquête, dit le dieu. J'aurais besoin de quelques renseignements.

— À ton service.

Hermès sortit un petit carnet pour noter les réponses.

— Nom ? Oui, je sais, Pâris. Âge ?

— La vingtaine, à peu près.

— Tu ne sais pas ton âge exact ?

Pâris eut l'air embarrassé.

— Tu es un enfant trouvé ?

Il se tortilla un peu.

— Non, pas tout à fait, mais...

— Bon, raconte-moi ton histoire, ça répondra peut-être à tout à la fois.

— Eh bien, dit Pâris, il se trouve que ma mère – elle était enceinte – avait fait un rêve : en naissant, je répandais une traînée de feu dans ma ville, ça détruisait tout. Alors elle a eu peur, elle a tout raconté à mon père Priam...

— Tu es le fils de Priam, le fils du roi de Troie ? s'exclama Hermès.

— Oui, répondit modestement Pâris. Je continue ?

— J'allais t'en prier.

— Mon père a eu peur du présage, les conséquences, tout ça… Il a ordonné que je sois abandonné sur la montagne. Là, j'ai été recueilli. D'abord par une ourse, ensuite par un berger. J'ai été élevé à la campagne, je connais bien les animaux. Et puis, par un enchaînement de hasards, j'ai été reconnu il y a quelque temps comme fils du roi. Il avait des remords, et comme finalement je n'avais pas l'air bien dangereux, il m'a repris. Ma mère aussi a été drôlement contente.

« Il y a de quoi », pensa Hermès. Pâris était un joli garçon à l'air tout à fait pacifique et même, s'il faut être critique, un peu mou. Joli, donc, bronzé, bien bouclé, de grands cils, souriant, mais un air, comment dire ? légèrement niais, un voile impalpable de fatuité, d'inconsistance et de bêtise. Zeus allait être tout à fait content de la trouvaille de son enquêteur. Manifestement, ce garçon n'avait pas l'étoffe du soldat qui mettrait son pays à feu et à sang, qui détruirait sa ville. Hermès connaissait bien le truc. La moitié du temps, les présages ne présageaient rien du tout, et pour le reste, personne ne savait les interpréter, ou on les interprétait de travers. C'était d'une idiotie…

— Raconte-moi ta vie, questionna le dieu. C'est pour mon enquête.

C'est toujours pareil. Dès qu'on s'intéresse un peu à eux, les gens deviennent intarissables.

— Eh bien, mon père trouve que je ne suis pas un bon soldat.

— Je comprends.

— Et il dit qu'il ne me voit pas non plus en prince régnant, parce que, quand on me soumet un problème à juger, je ne comprends pas toujours bien les données, ni où on veut en venir. Ça ne m'intéresse pas, alors je dis la première réponse qui me vient, et il se trouve que ce n'est jamais la bonne. Mon père me rabroue, et mes frères et sœurs se moquent de moi.

— Et toi, que fais-tu ?

— Je boude.

Hermès rit sous cape à cette réponse d'une parfaite idiotie. Un fils de roi boudant !

— Tu ne cherches pas à comprendre mieux ?

— C'est trop compliqué. Ils m'embrouillent tous la tête. Moi, ce que j'aime, c'est les choses simples.

« Inespéré », se félicita Hermès.

— Alors mon père m'a dit que, puisque j'aimais bien les animaux et que j'avais été élevé par un berger, je pourrais peut-être garder les troupeaux. Depuis, tout va bien, je suis heureux, et quand ça ne va pas, Œnone me console.

— Œnone ? Qui est-ce ?

— Une nymphe. Je l'aime.

— Vous êtes mariés ?

— Non, enfin, c'est tout comme. On est bien, ici. On joue de la flûte, on gambade parmi les troupeaux, on se fait des câlineries. Mon frère Hector ne nous casse pas les pieds avec ses armes et ses campagnes militaires, ni ma sœur Cassandre avec ses prévisions sinistres. Moi, j'ai ma petite vie tranquille, et je dirais même idéale, ici. Regarde comme mes troupeaux sont bien tenus, ajouta-t-il fièrement.

— Je vois, dit Hermès. Et à quoi penses-tu, en général, en les gardant, mon cher Pâris ?

— À rien de particulier. Ou alors à l'amour, dit-il d'un ton extasié.

— Mais tu as Œnone, non ? (« Ah, c'est pratique à dire, des phrases comme ça », grommela Hermès *sotto voce*.)

— Mmmoui… Mais tu sais ce que c'est, je suis romantique, moi. Œnone, je l'aime bien, mais il y a le Grand Amour, soupira-t-il, les yeux dans le vague. Et je l'attends…

— Elle va être contente, ta nymphe, si elle t'entend.

— Elle n'est pas jalouse, et de plus on ne peut rien contre la passion, appuya Pâris en prenant son air boudeur.

— Moi, ce que j'en disais…

— Ça va, mes réponses ?

— Ça pourra aller, oui.

— Qu'est-ce qu'on gagne ? demanda encore Pâris.

— Pour le moment, je ne sais pas encore. Ça dépend si tu es dans les finalistes.

— Oh, j'espère que je vais gagner ! s'exclama Pâris.

— Gagner quoi ? demanda Œnone qui arrivait sur ces entrefaites du pas dansant qu'ont toutes les nymphes.

— Ce sera une surprise, dit Hermès.

— Oui, une belle surprise, ma chérie, appuya Pâris avec enthousiasme.

— J'espère que tu vas gagner, alors, dit gentiment Œnone.

Si elle avait su, elle aurait, révérence gardée, renvoyé le dieu vers l'Olympe d'un coup de pied bien placé. Mais d'abord Hermès était là incognito et ensuite, si on savait, il n'y aurait jamais d'histoires.

5

Aphrodite, Athéna ou Héra ?

Hermès remonta vers l'Olympe très satisfait de lui-même.

— Alors ? questionna Zeus sans attendre.

— Minute, minute, laisse-moi arriver.

— C'est qu'elles s'impatientent, là, toutes les trois. J'ai un mal fou à les contenir. Je leur ai promis une réponse pour aujourd'hui.

— Je sais, mais tu vas voir, j'ai bien travaillé.

Hermès sortit toutes ses petites fiches.

— J'ai vu six mille deux cent soixante-douze mortels envisageables, parmi lesquels j'ai sélectionné quarante-huit finalistes potentiels.

— Oui, bon, abrégeons, le coupa Zeus.

— Attends, grand dieu, ne minimise pas mon travail.

— Alors ? fulmina le plus grand des dieux.

— Sur les quarante-huit, seule une petite poignée reste en lice.

Il montra à Zeus une douzaine de fiches avec les portraits du peloton de tête.

— Tu as une préférence, toi ? demanda Zeus.

— Oui, mais je te la dirai après.

Zeus se pencha sur les fiches. Il en écarta quelques-unes.

— Trop vieux : les déesses ne voudront jamais d'un arbitre qui n'a pas l'air d'y voir... Trop obtus : ça fait les bons juges, mais là, ça ne conviendra pas... Trop jeune : il en faut un qui s'y connaisse un peu en femmes...

Et ainsi de suite. Il n'en restait pas beaucoup.

— Je pencherais bien pour celui-là, dit Zeus en pointant le bout de son éclair sur le portrait de Pâris.

— Formidable ! s'écria Hermès. C'est aussi celui que j'aurais pris.

— Il m'a l'air joli garçon, remarqua Zeus.

— Joli, mais bête, précisa Hermès.

— Vraiment bête ?

— Garanti !

— Alors, c'est notre homme, jubila Zeus, satisfait. Allons, vas-y, convoque les déesses et tout l'Olympe dans la grande salle. Je vais leur signifier Ma Décision.

Trois minutes plus tard, tout le monde était là, bruissant de murmures impatients ; on faisait les paris, à voix pas trop haute tout de même, on ne savait jamais les conséquences du choix du plus grand des dieux. Mais ça frétillait ferme sous les colonnes.

Zeus fit son entrée, avec un maximum d'apparat. Les éclairs crépitaient avec magnificence autour de lui, ses cheveux et sa barbe étaient formidablement déployés et brillants. Il tenait à ce qu'il y ait de la solennité dans son maintien et, malgré tout, de la bienveillance dans son regard. Il s'installa sans hâte sur son trône. La pomme d'or, vedette du jour, paradait à côté de lui, sur un petit coussin lui-même posé sur un guéridon. Il fit approcher les trois déesses :

— Venez autour de moi, mes trois chéries.

Athéna fit claquer ses talons sur le marbre. Son armure rutilait. Elle se posta face au trône de son père, les jambes fermement campées, le menton un peu haut, son regard vert assuré.

« Ah, elle est tout de même belle, ma fille », se dit fièrement Zeus.

Héra, elle, s'avança de sa démarche habituelle, celle d'une femme pleine de dignité, de maturité, de santé épanouie et sereine (en dépit de tout ce qu'il lui faisait subir, comme le pensa honnêtement Zeus). Elle portait une magnifique robe d'un bleu profond aux innombrables plis bien dessinés, aux broderies vert et or, qui s'assortissait au plumage du paon qui la suivait. Elle ne fit pas un pas plus vite que l'autre. Elle avait le visage calme, plein, coloré de rose par un zeste d'émotion, à des lieues du masque de la harpie qu'elle pouvait devenir dans ses crises de jalousie.

« Ah, elle est tout de même belle, ma sœur-épouse », se dit Zeus avec une sorte d'émotion.

Aphrodite suivait de son pas léger, pieds nus. Des fleurs naissaient sous ses pas, c'était une trouvaille charmante, sur ce marbre froid, que ce tapis qui se déroulait au rythme de sa marche. Sa tunique était toute légère, toute transparente, retenue par une ceinture dorée. Aphrodite se flattait de n'avoir rien à cacher et elle avait bien raison. Il y a des moments où on se demande pour quelle obscure raison les vêtements ont été inventés. En tout cas, pour Aphrodite, on se le demandait toujours. En s'avançant vers Zeus, Aphrodite sourit de ce sourire inimitable qui laissait toujours croire qu'on était follement attendu.

« Ah, elle est tout de même belle, la déesse de l'amour », se dit Zeus. (En fait, Aphrodite était sa tante, mais il ne pensait jamais à elle en ces termes familiaux.)

Hermès, lui, s'accouda familièrement au dossier du trône de son patron. Plus que dans le secret des dieux, il était dans le secret DU dieu. Il se permettait de ces privautés...

« Ouf, se dit Zeus en englobant du regard les trois déesses, heureusement que ce n'est pas à moi de choisir, en fin de compte. Maudite pomme de Discorde. »

Dans la salle, les souffles étaient suspendus à la parole qui allait jaillir de la bouche de Zeus, qui s'éclaircit la gorge et, pour la galerie, fronça ses célèbres sourcils.

— Mes chers enfants, mes bien chers collègues en divinité, la petite facétie de notre camarade Éris me met devant une tâche, vous ne l'ignorez pas, difficile, voire impossible. C'est bien joli de dédier une pomme d'or « à la plus belle », mais laquelle est la plus belle, d'Aphrodite, d'Athéna ou d'Héra ? (Vous aurez remarqué que pour ne pas faire de jalouses, j'ai utilisé l'ordre alphabétique.) Tout comme moi, vous aussi seriez embarrassés à l'idée de devoir choisir. Brrref, c'est plus que difficile ; pour nous tous, ici, c'est impossible.

— Impossible, grand dieu ? Mais tu avais dit… balbutièrent les trois intéressées.

Zeus leva la main.

— Attendez, mes enfants, attendez.

Il fit une pause théâtrale.

— C'est vrai, je me suis engagé à prendre ce matin une décision. À prendre une décision, notez bien, et pas à faire un choix.

Remous divers d'étonnement, voire de scandale dans la salle.

— Moi, je suis trop concerné, trop au cœur de la question. C'est pourquoi Ma Décision, la voici...

On était suspendu à ses lèvres. Enfin on allait savoir.

— Nous allons remettre le choix entre les mains de quelqu'un de totalement neutre.

Les murmures s'enflèrent, les dieux se tournèrent les uns vers les autres, cherchant à savoir qui d'entre eux serait suffisamment neutre, on entendit voleter les mots : « Qui ? qui ? mais qui donc ? » Le privilège serait redoutable.

— Aucun d'entre nous, rassurez-vous, dit Zeus de sa belle voix ample. Un mortel.

Au soupir de soulagement succéda immédiatement un cri incrédule : « UN MORTEL ? »

— Oui, un mortel. Comment faire plus neutre ? plus impartial ? moins intéressé aux conséquences ? Mesdames, votre arbitre est un charmant jeune homme de la région de Troie. Poli, bien éduqué, suffisamment au fait de ce qui fait la beauté d'une femme, fils de roi au demeurant. Je l'ai sélectionné moi-même parmi des milliers de candidats. Je remets donc l'attribution de la pomme de Discorde au jeune, beau et vaillant... PÂRIS.

Cris d'enthousiasme dans la cour des dieux.

Moue dubitative, puis finalement convaincue des trois déesses. La solution n'était finalement pas si mauvaise.

Là, pendant le tumulte, Zeus se tourna vers Hermès pour un petit aparté :

— Dis donc, Pâris, c'est bien le fils de Priam ?
— Oui.
— Donc le petit-fils de Laomédon, celui qui avait essayé de berner Apollon et Poséidon au moment de la construction des murailles de Troie ?
— Exactement, réalisa Hermès.

Les deux dieux eurent un regard entendu. La bêtise, ça devait être de famille.

— Et quand aura lieu la… cérémonie ? demanda la pragmatique Héra.

— Dès qu'Hermès aura mis le vaillant Pâris au courant. Car le jeune homme ne sait pas encore qu'il a été choisi. Hermès va donc descendre et vous l'accompagnerez toutes les trois. Nous, ici, nous suivrons l'affaire du balcon.

— Eh bien, Hermès, lança Athéna tandis que la foule se dispersait en attendant l'heure H, tu n'es pas encore parti ?

— Attends, il faut que je me prépare.

En effet, si pour aller interviewer Pâris, Hermès

s'était présenté incognito, il lui fallait maintenant reprendre ses accessoires de dieu pour la mission solennelle qui lui était confiée.

— Voyons, où est-ce que j'ai encore fourré mes chaussures ?

Avons-nous dit qu'Hermès, pour sympathique qu'il fût, était un dieu légèrement brouillon ? Avoir cent idées à l'heure, ça empêche quelquefois d'avoir de l'ordre. Il lui fallut fouiller dans tous les coins de l'Olympe pour remettre la main sur ses sandales à petites ailes, lesquelles sandales avaient été, au terme d'une précédente mission, jetées dans un coffre plein de fouillis.

Aussitôt le coffre ouvert et le fouillis un peu remué, les sandales s'envolèrent, toutes contentes de se retrouver à l'air libre.

— Revenez immédiatement ! intima Hermès en essayant en vain de les attraper.

Mais les sandales avaient l'humeur taquine et n'obéirent pas le moins de monde, profitant de leur liberté retrouvée pour se nicher dans les angles des plafonds, ou pour sortir par une fenêtre et entrer par une autre.

— Maudites sandales, dit Hermès entre ses dents, en tentant de les traquer avec un balai.

Il lui fallut dix bonnes minutes pour les attraper et les fixer à ses chevilles.

— Allons-y, maintenant, reprit-il dignement. Nous y sommes tous ? Iris, tu es prête ?

Iris nouait sa ceinture d'arc-en-ciel, elle était opérationnelle. Car ç'aurait été trop simple qu'Hermès soit le simple messager des dieux. Lui-même, dans les cas solennels, se faisait précéder d'Iris, qui servait en quelque sorte de pré-messagère. Heureusement, Iris ne se sentait pas le besoin d'être pré-annoncée.

— N'oublie pas la pomme, héla Zeus.

— Où avais-je la tête ? s'exclama Hermès.

— On se le demandera toujours, fit remarquer Athéna.

Enfin, tout semblant satisfaisant, Iris descendit vers la terre et déploya sa ceinture aux sept couleurs.

6

L'OLYMPE AU BALCON

— Tiens, dit Pâris, un arc-en-ciel. Je n'avais pas remarqué qu'il avait plu, pourtant.

— C'est peut-être un message des dieux, suggéra Œnone, fine mouche.

Mais Pâris ne comprit pas ce qu'elle voulait dire.

À son tour, Hermès descendit vers la terre de Troie et s'immobilisa dans toute sa gloire au milieu d'ondes colorées qui se délitèrent lentement.

— Oh, murmura alors Pâris, l'enquêteur…

— En effet, tu m'as reconnu, dit majestueusement Hermès. Les dieux de l'Olympe, dont je fais partie en tant que messager, m'ont chargé de me présenter à toi. Notre grand Zeus a une mission à te confier.

— Oh, fit Pâris, estomaqué, la bouche arrondie, l'air dépassé.

— Que je n'aime pas ça ! Oh, que je n'aime pas ça, fit Œnone avec une grimace.

Quand les dieux mêlaient les humains à leurs affaires, ça ne finissait jamais bien pour les humains.

Nymphe elle-même, donc en quelque sorte à mi-chemin entre la divinité et l'humanité, elle redoutait les interventions des Olympiens hors de leur propre monde. Plus d'une nymphe, plus d'un demi-dieu en avaient pâti.

— Tu crois qu'il aura besoin de moi ? souffla-t-elle à l'adresse de Pâris.

— C'est à moi seul qu'il s'est adressé, il me semble, fit le prince-berger avec une fatuité nouvelle.

— Alors, je file, dit-elle en joignant le geste, gracieux, à la parole.

— C'est ça, mon petit, appuya Pâris, laisse-nous parler entre gens responsables.

— Elle est partie ? s'étonna Hermès, toujours curieux des jolis minois et déçu qu'on puisse fuir devant lui.

— Laisse-la, dit Pâris avec hauteur. Pour ce qu'elle est intéressante...

— Drôle de façon de traiter celle qu'on aime !

— Tu me parlais d'un message de Zeus ? reprit

Pâris pour remettre la conversation dans le droit chemin.

Il se sentait particulièrement fier du choix des dieux. Enfin, après cette divine visite, il pourrait fermer le caquet à ses imbéciles de frères. C'est lui qu'on avait choisi, et personne d'autre. Et pourtant, il y avait le choix : son père Priam avait eu de toutes ses femmes cinquante fils, sans compter les filles, cinquante aussi. Dans ce temps-là, on savait ce que voulait dire « famille nombreuse ».

— Est-ce que ça veut dire que j'ai gagné ?

— Oui, le grand Zeus t'a sélectionné parmi six mille deux cent soixante-douze candidats.

— Mais pour quoi faire, exactement ?

— Tu vois cette pomme d'or ?

— Formidable ! C'est ce que j'ai gagné ?

— Mais non, lis un peu la dédicace.

— « Au plus beau ». Oui, c'est bien pour moi.

— Mais non, tu lis de travers. Regarde mieux : « À la plus belle ».

— Oh, fit Pâris, déçu.

Sa confusion entre masculin et féminin s'explique du fait qu'en grec de l'époque, il n'y avait qu'une minime différence entre les deux expressions, et que l'émotion et la vanité l'avaient fait lire un peu vite.

— « À la plus belle »... Mais qui est la plus belle ?
— Justement. C'est là ton prix : le droit de le déterminer. Tu seras arbitre de la beauté. Parmi les trois personnes qui vont t'être présentées, à toi de déterminer laquelle est la plus belle. Tu lui remettras alors la pomme d'or.
— Qu'est-ce qu'on gagne d'autre ?
— Rien. Rien d'autre que la gloire d'avoir été choisi des dieux pour une question délicate. Il est possible que les déesses te fassent ensuite un petit cadeau, mais nulle n'y est tenue.
— Les déesses ?
— Oui, c'est entre elles qu'il faudra que tu choisisses, entre trois de nos plus grandes Olympiennes, entre Aphrodite, Athéna et Héra (par ordre alphabétique).

Hermès claqua des doigts. C'est donc là et à ce

63

moment que les trois déesses firent leur apparition sur le pré, en écartant quelque peu les moutons de Pâris, sous les regards attentifs de leurs collègues les autres dieux qui les observaient de là-haut, des balcons de l'Olympe.

Apparition somptueuse, voire un brin clinquante, pour les yeux du berger qui n'avait pas l'habitude de tant de brillance, tout prince qu'il fût par ailleurs (à l'époque, les cours princières avaient encore malgré tout un petit côté assez rustique).

— Oh… fit-il une fois de plus, sans pouvoir en articuler davantage.

— Eh bien voilà, dit Hermès. C'est donc entre elles trois que tu dois choisir à qui ira la pomme.

— Je ne pourrai jamais, balbutia Pâris, elles sont si belles.

— Mais si, tu pourras, mais si, en te forçant un peu s'il le faut. Courage, tout l'Olympe te regarde et, j'oserais le dire, t'admire.

Pâris se rengorgea un peu, bredouilla des sons indistincts, fit plusieurs fois passer la pomme d'or d'une main dans l'autre, puis finit par ouvrir la bouche pour dire quelques mots :

— Chères déesses vénérées, je suis si ému, si embarrassé…

— On l'a remarqué, dit acidement Athéna pour les deux autres.

— Oh, le pauvre, ce n'est pas de sa faute, il est émouvant, susurra Aphrodite.

Et Héra ajouta :

— J'ai l'impression que nous ne sommes pas au bout de nos peines, il va falloir l'aider un peu.

Tout à coup, face à ce mortel pataud, elles sentaient le ridicule de la situation. Là, dans leurs plus beaux atours, avec tous leurs attributs, sous le regard des autres dieux, elles attendaient comme au tribunal le jugement d'un simple humain, et même d'un humain un peu simplet.

C'était leur faute, aussi. Est-ce qu'on se dispute pour une pomme, fût-elle en or ? Et de plus forgée par cette vipère d'Éris, dont on connaissait les mauvais coups.

De l'or, elles en avaient à profusion. Du classement de reines de beauté, elles n'avaient finalement pas grand-chose à faire. Tout ça était juste dû à un petit frisson d'orgueil et à des kilos d'ennui.

— Bon, dit l'une des trois, qu'importe laquelle. Prenons les choses en main, qu'on en finisse. Faisons-lui miroiter quelques merveilles, qu'il puisse faire son choix, et puis rentrons là-haut. On mettra la pomme dans un placard, pour rire de tout ça dans quelques mois.

— Bien dit, soulignèrent les deux autres.

Pâris n'avait toujours pas refermé la bouche.

— Tu peux reprendre tes esprits, mon garçon, lui fit remarquer Hermès. Montre-toi sous ton meilleur jour, tiens-toi droit, prends un regard fier.

Sur les conseils narquois du dieu messager, Pâris rectifia docilement la position. Du haut du ciel, Perséphone remarqua :

— Il est bien, ce petit Hermès. Toujours très convaincant.

Et Hadès renchérit :

— C'est d'un type comme lui que j'aurais besoin pour les amener au Royaume des Enfers sans qu'ils résistent. Ce type-là, il te vend des cailloux à semer dans ton jardin et tu lui en achètes douze sacs…

— Eh bien, Pâris, laquelle choisis-tu, finalement ? redemanda Hermès.

— Mon cher Hermès, ne brusque pas notre ami, dit Athéna.

— Il y a des choix qui méritent réflexion, ajouta Héra.

Les trois déesses, dans un dernier sursaut et en dépit de la hâte qu'elles montraient un instant plus tôt à conclure cette cérémonie, avaient tout de même envie de l'emporter.

— Donnez vite vos arguments, chères amies, dit Hermès. Puisque vous tenez malgré tout à ce que les choses soient faites dans les règles, vous aurez chacune le même temps de parole.

— Je suis sûre que Pâris voudrait bien nous aider, mais au fond, qu'a-t-il à en tirer ? fit alors observer Aphrodite.

On n'avait jamais évoqué la question. Mais la promesse d'une récompense pouvait hâter le dénouement, faire pencher la balance.

Pâris sembla alléché.

7

LE CONCOURS

Qu'allaient-elles pouvoir offrir, les trois déesses, pour convaincre ce benêt de faire le bon choix ?

— Eh bien, par exemple, si tu me choisis, dit Athéna, je saurais me montrer reconnaissante, très reconnaissante. Tu es fils de roi, Pâris, tu sais ce que c'est que la guerre, les batailles. Ah ! l'odeur du sang, le bruit des armes sur les cuirasses, les hennissements des chevaux, les râles des blessés, les cris du bataillon de réserve arrivant à la rescousse.

Pâris n'était visiblement pas séduit mais, emportée par son sujet, Athéna continua avec flamme.

— La bataille est gagnée ! Victoire ! Tu défiles sur ton plus beau char, les chevaux piaffent, tes armes encore teintées du sang de tes ennemis sont brandies vers le soleil, des trophées t'entourent, les plus belles femmes t'acclament, tes soldats t'adorent, ils se feraient hacher pour toi, des batailles comme celles-là, des triomphes splendides, ils en redemandent. Tu es un héros des champs de bataille, Pâris. Et ensuite, tu gouvernes tes terres avec sagesse et mesure.

Les yeux verts de la déesse brillaient d'une lueur sauvage et sincère, le cimier de son casque frémissait à chacune de ses apostrophes, elle semblait avoir transmis sa flamme à son armure et à sa lance qui s'étaient mises à reluire d'une lueur palpitante et magique à mesure qu'elle-même se voyait au cœur de la bataille. Elle prit rageusement Pâris par le bras.

— Regarde ce que je te propose, Pâris : tu me choisis, tu me donnes la pomme, et je ne t'abandonnerai jamais. Tu seras le héros de toutes les batailles, tu auras toujours la victoire. Toujours. Jamais blessé, jamais prisonnier, la mort très vieux, quand on ne peut plus faire autrement. Et toute une vie de beaux et bons combats. Du sang dans la lumière du soleil. De bonnes armes de bronze. Des chevaux toujours fougueux. Des triomphes qui te portent toujours plus haut. Les cris enthousiastes de tes soldats. Pour toujours, Pâris, songes-y. Est-ce que tu ne trouves pas, sincèrement, que je suis la plus belle des trois déesses ?

Certes, elle l'était à ce moment, tant ses yeux brillaient à ces évocations guerrières. Son teint s'était coloré, son pouvoir de persuasion semblait sans limites. L'ennui, c'est que Pâris ne se sentait pas tellement fait pour la vie militaire. Les batailles, les triomphes, les chevaux, les cris des mourants, les acclamations des foules… Mmmmoui, peut-être, mais sans plus. Si les deux autres n'avaient rien de mieux à lui proposer, il deviendrait ce chef de guerre invincible, mais alors en dernier ressort seulement.

— Tu y penses, hein ? Sérieusement ? insista la déesse guerrière qui ne lui avait pas lâché le bras. Ce bras-là, c'est le bras d'un guerrier. Et moi, j'aime les bons guerriers. Donne-moi la pomme, Pâris, je vaux mieux qu'elles.

— Hé ho, dis donc, doucement, hein, intervint Héra. Tu dis que tu vaux mieux que nous, je trouve que tu ne manques pas de toupet. Tu proposes à notre brave Pâris une vie guerrière, mais n'y était-il pas destiné de toute façon ? C'est son destin de fils de roi et tu sais bien qu'un chef de guerre qui se débrouille bien ne se fait jamais toucher ni blesser.

Il récolte les hommages, les triomphes et les applaudissements des bécasses qui se pâment pour un guerrier tandis que ce sont les soldats du contingent qui se font massacrer. Enfin, terminons-en avec ces généralités...

À ces habiles paroles, le brillant exposé d'Athéna perdit singulièrement de son impact. La déesse guerrière, furieuse, dut renoncer à répliquer : elle avait épuisé le temps de parole alloué par Hermès. Et, au fond, l'argument d'Héra n'était-il pas assez juste ? Doucereusement, la déesse au paon eut un coup d'œil appuyé en direction de celle qu'elle venait, semblait-il, de vaincre.

— Mon cher Pâris, je sais que tu as quarante-neuf frères, et dans ton cas, la concurrence est rude. Si, si, reconnaissons-le, plusieurs de tes frères ont des qualités et même, pour certains, des qualités que tu n'as pas. Hector, par exemple, enfin, bon, passons... Donc tu auras du mal à faire ta place au soleil. Es-tu satisfait d'être berger ? Est-ce que tu ne trouves pas que dans ta situation, c'est légèrement humiliant ? Tes frères vivent au palais, avec des charges et des honneurs, et toi tu te retrouves à garder les moutons.

Pâris rougit un peu en balbutiant :

— Je ne suis pas un simple berger, je suis le Gardien en chef des Troupeaux du palais et Grand Intendant en chef des Bergeries royales de Troie.

— C'est bien ce que je disais, acquiesça Héra sans insister, tu mérites mieux, beaucoup mieux. Un de tes frères devrait hériter du royaume de Troie, mais pourquoi pas toi, finalement ? Sais-tu que gouverner est très intéressant ? Sais-tu que la politique est un jeu toujours renouvelé ? C'est passionnant... Gouverner, c'est avoir chaque jour de nouvelles surprises, c'est avoir de l'influence sur la vie des gens. On ne s'en lasse pas. Et en plus, il y a mieux : le monde est beaucoup plus grand que le royaume de Troie. L'Asie s'étend bien au-delà de l'horizon. Et il n'y a pas que l'Asie, l'Afrique peut te tendre les bras, l'Europe, n'en parlons pas, quand on voit tous ces petits rois minables de Grèce, qui ne savent ni ce qu'ils veulent, ni comment s'y prendre pour avoir un vrai pouvoir, quand on voit l'Italie qui sort à peine de la barbarie et qui ne demande qu'un chef à poigne pour devenir une grande nation, et la Gaule, qui est si riche, et la Germanie, l'Hispanie, toutes ces terres pleines d'avenir sur lesquelles tu pourrais régner. Car tu pourrais régner, Pâris, être un grand roi, sans même manier l'épée ou la lance, juste par le jeu habile de la politique. Tu pourrais être le maître du monde. Le Maître du Monde. Je t'y aiderai, Pâris, ce ne sera pas difficile pour moi. Tu me choisis, tu me donnes la pomme, tu me trouves la plus belle de nous trois et te voilà Maître de l'Univers, n'ayons pas peur des mots. Tu peux le faire, Pâris, et crois-moi, je sais reconnaître les gens de valeur. Tu mérites mieux que le royaume de Troie, tu mérites mieux que d'être un quelconque général victorieux. Je t'attends sur le trône du monde, choisis-moi, Pâris, dis que je suis la plus belle.

Impossible de ne pas se rendre compte qu'Héra y croyait elle-même. Transfigurée par son propre discours, elle rayonnait d'orgueil et de détermination. Oui, certes, on pouvait la trouver belle, comme Zeus l'avait trouvée belle quand elle s'était présentée devant lui.

Pâris n'était pas loin de se laisser convaincre. En tout cas, la proposition d'Héra lui convenait déjà mieux que celle d'Athéna. Maître de l'univers sans coup férir, c'était tentant. Il prit l'air concentré, l'air d'avoir un choix difficile à faire, mais en fait, dans sa tête, c'était tout choisi.

Héra eut pour Athéna un regard qui voulait clairement dire « Et toc ! » et lança à Pâris un dernier sourire enjôleur. Elle sentait décidément le jeune homme parfaitement à point.

Eh oui, nous devons bien dire que Pâris avait l'air séduit. Mais, si lui avait oublié qu'il y avait une troisième déesse en jeu, les autres dieux, qui regardaient du balcon de l'Olympe, Hermès, qui faisait office de maître des cérémonies, et, bien sûr, Aphrodite elle-même, tous ceux-là étaient loin de l'avoir oublié.

— La troisième ! la troisième ! scandaient les dieux du haut des balcons.

Évidemment, les humains ne les entendirent pas, pas plus que les quelques réflexions qu'ils se firent les uns les autres.

— Athéna s'améliore, ces derniers temps, non ? Je me trompe ?

— Elle s'améliore peut-être, mais je ne pense pas qu'elle gagnera, en fin de compte.

— Elle a ses atouts, on ne peut pas dire…

— Héra s'est montrée beaucoup mieux.

— Oui, son argumentation m'a semblé solide.

— Peuh, c'est simplement qu'elle était tout juste à la hauteur de Pâris. Il est joli garçon, à première vue, mais il ne semble pas valoir grand-chose.

— Voyons ce qu'Aphrodite va en faire.

— Oh, Aphrodite est très douée pour embobiner son monde, et ce n'est pas notre ami Héphaïstos qui nous contredira…

— Quoi encore ? fulmina Héphaïstos.

— Rien, rien, je disais juste qu'Aphrodite a des dons certains, et qu'elle en joue admirablement.

— Eh oui, un charme légendaire.

Ainsi avançaient les réflexions dans le palais de marbre, d'or et de cristal du haut des nuages.

— Eh bien à ton tour, Aphrodite, annonça Hermès.

Il l'avait gardée pour la fin, parce qu'il l'aimait bien, en tout cas plus que les deux autres qui étaient des pimbêches, et que passer en dernier, ça devrait aider. Comme quoi Hermès lui-même n'était pas toujours impartial.

8

Aphrodite, naturellement

Hermès invita Aphrodite à s'approcher. La déesse semblait rêveuse.

— Vas-y, c'est à ton tour, répéta Hermès.

La déesse obéit en avançant gracieusement.

— C'est cela, voyons ce qu'Aphrodite a à nous dire, entérina Pâris avec une fatuité insupportable.

— Mais rien, mon cher Pâris, je n'ai rien à dire.

Voilà Pâris déçu et désarçonné.

— Je ne suis pas faite pour les beaux discours, dit Aphrodite avec simplicité…

… Et aussi avec ce charmant sourire que Pâris, comme ils le faisaient tous, lui rendit sans songer un seul instant qu'en faisant cela, il était déjà bel et bien pris.

— Ça ne fait rien, chère déesse, assura-t-il, tout

le monde parle, tout le monde parle, mais les sentiments ont besoin de silence…

— Tu es un homme qui comprend bien les choses du cœur, remarqua Aphrodite.

Pâris se rengorgea des bonnes paroles qu'il venait d'entendre : c'était la première fois qu'une déesse lui faisait un compliment, et sincère, semblait-il.

Il sourit encore, l'air un peu absent.

— C'est Œnone qui doit être fière de t'avoir, remarqua encore Aphrodite en continuant à sourire.

Mais elle savait bien que Pâris, fasciné, avait déjà oublié jusqu'au nom de sa nymphe.

— Tu m'es sympathique, Pâris, continua la déesse dont la robe légère ondulait sous le zéphyr (le dieu Zéphyr était pour elle un vieil allié : il savait faire bouger ou même soulever sa robe juste comme il le fallait). Si sympathique que je voudrais te faire un cadeau. Non, non, ce n'est pas un marché, la pomme n'a rien à voir là-dedans…

— Eh, si, tout de même, s'affola du haut du ciel Héphaïstos, le mari, à cause de la belle façon dont la pomme avait été forgée.

— Ne t'inquiète pas, tu sais bien que c'est dans sa tactique, dit Artémis en haussant les épaules, blasée par les techniques éprouvées de la belle.

— J'ai envie d'être gentille avec toi, tout simplement gentille, parce que toi aussi tu es gentil, et de plus joli garçon. Ton cadeau...

— Oui, haleta Pâris.

— ... c'est l'amour de la plus belle femme du monde.

— Vous, ma déesse, s'étrangla Pâris dans un râle.

— N'exagérons rien, tout de même, dit Aphrodite, amusée, en le gratifiant d'un regard ironique et tendre. Je me donne selon mes humeurs, et aujourd'hui, ce n'est pas toi l'élu. Un jour, qui sait... Mais pour aujourd'hui, c'est bien d'amour qu'il est question, du vrai Grand Amour. Tous les hommes ne peuvent pas se vanter de le connaître. Ils sont même rares à l'avoir croisé, mais toi, tu vas savoir...

— Oui, haleta encore Pâris.

— Regarde, Éros est déjà là avec sa flèche, fit la voix enjôleuse de la déesse.

— Et qui est la plus belle femme du monde ? finit par articuler le malheureux.

— Il y a beaucoup de belles femmes, mais manifestement, Hélène est la plus belle, dit doucement Aphrodite.

À ces mots, Pâris, doutant encore de la réalité, chercha le regard d'Hermès, qui fut approbateur et même complice, et puis se laissa tourner la tête complètement, délicieusement grisé. C'est que la beauté d'Hélène avait fait le tour du monde. Des légendes couraient parmi les marins qui colportaient sa description : elle était d'une grâce et d'une beauté à couper le souffle. Ah, sa silhouette ! Ah, ses yeux ! Ah, ses cheveux ! Ah, ses chevilles !

Hum, son mari…

Car hélas la belle était mariée.

— Mais Hélène est mariée, fit mollement remarquer Pâris.

Aphrodite eut un autre sourire qui signifiait clairement que tout ça n'avait pas une énorme importance.

— Quand la verrai-je ? demanda encore Pâris.

— Quand tu voudras. J'en fais mon affaire. Ne t'inquiète de rien, pars, vis l'amour comme il se présente, sans te préoccuper du reste. Sinon ce ne serait plus de l'amour.

— Ce ne serait plus de l'amour… répéta Pâris, un peu ahuri.

— Son temps de parole est terminé, fit aigrement remarquer Héra, toujours très à cheval sur la stricte égalité.

— Je sais, lui souffla Hermès, mais c'est tellement fascinant de la voir à l'œuvre.

— Oui, mais ce n'est pas juste, bouda Athéna.

Pâris, pendant ce temps, n'avait toujours pas refermé sa bouche bée.

— Allons, Pâris, il est temps maintenant de te décider. Je pense que tu n'as pas oublié que tu tiens à la main la pomme d'or destinée à celle des trois déesses que tu estimes en ton âme et conscience la plus belle des trois. L'Olympe entier attend ton jugement.

— Ça, on l'aura attendu, le jugement de Pâris, maugréa Zeus dans sa barbe.

De fait, il était presque sûr de savoir qui allait gagner, ce n'était même plus drôle.

— Je choisis Aphrodite, balbutia Pâris.

Et il lui tendit la pomme d'un geste qu'il tenait pour solennel. La déesse accepta l'hommage avec une charmante aisance.

— Et voilà, je l'avais dit, assena Zeus.

— Pardon, pardon, tu n'avais rien dit du tout, le reprit Hadès.

— Enfin, je voulais dire que je le savais, répliqua Zeus en haussant les épaules. Ça ne pouvait finir que comme ça.

Pendant ce temps, Héphaïstos sautait de joie et ce n'était pas facile, avec sa jambe boiteuse.

— C'est elle qui l'a, c'est ma femme, ma femme à moi qui a gagné, elle a gagné la pomme, tra-la-lère !

— À quel prix, mon pauvre Héphaïstos, fit remarquer Poséidon. En faisant du charme.

— Du charme ? Tu veux rire. Est-ce qu'elle a essayé de le séduire ? Non, même pas. Il l'a choisie NATURELLEMENT.

— Eh oui, dit encore Poséidon, elle est naturellement charmeuse.

Mais Héphaïstos, tout à ses cabrioles et à ses cris de joie, ne l'écoutait plus.

Sur terre, les trois déesses, Hermès, Iris et le petit Éros, qui avait décoché sa flèche juste à point, se préparaient à rentrer.

— Eh bien, Aphrodite, félicitations ! dirent les deux perdantes du bout des dents, bien résolues au fond d'elles-mêmes à ne pas en rester là.

— Merci, dit la belle modestement, en se faisant embrasser par Hermès, le petit Éros et même la timide Iris.

— Qu'est-ce qui se passe, là-haut ? demanda Héra, que le bruit agaçait.

— C'est Héphaïstos qui danse de joie, répondit Hermès qui était allé aux nouvelles en un clin d'œil.

— Celui-là, il est laid et en plus il est bête, grommela Héra.

— Mais enfin, Héra, c'est tout de même ton fils, fit remarquer Aphrodite, choquée.

— Ma chère, je l'ai peut-être fait, mais au moins je ne l'ai pas épousé, moi, répondit Héra du tac au tac.

Ah, Éris, décidément, avait fait du bon travail.

Aphrodite rentra sur l'Olympe avec sa pomme d'or, mais assez triste tout de même, car elle souffrait de ne pas être aimée, et elle savait bien qu'en ce moment ni Athéna ni Héra ne la portaient dans leur cœur.

9

Pâris ambassadeur

Pour Pâris, la vraie vie allait enfin commencer, du moins l'espérait-il. Car est-il de vraie vie sans Grand Amour ? Il fallait qu'il se mette illico en quête d'Hélène, qu'il la séduise, qu'il la gagne, qu'il s'en fasse aimer... Quel agréable programme, d'autant plus qu'Aphrodite lui avait bien promis de lui faciliter la tâche au maximum.

Cela signifiait-il faire habilement disparaître Ménélas, le mari ? Ou que Ménélas ne serait jamais gênant ? Qu'il serait un perpétuel naïf ? Il y avait là des incertitudes qui allaient pimenter l'aventure. Bon, il fallait commencer par quitter Troie, le troupeau et Œnone.

— Je vais faire un petit tour en ville, dit Pâris à Œnone d'un air détaché.

À la cour, se disait-il, il y aurait peut-être du nouveau pour lui, une façon d'entamer une nouvelle carrière.

— Les déesses t'ont bien embobiné, mon Pâris. Je ne sais pas ce qu'elles mijotaient, mais je suis sûre que ce n'est pas bon pour toi. Les dieux ne sont jamais spontanément bons avec les hommes. Si elles t'ont dit que tu avais quelque chose à gagner, c'est que tu as encore bien plus à perdre. Et si c'est sur leur conseil que tu vas en ville, sois sûr que tu y perdras des plumes.

— Ma pauvre, tu déraisonnes, lui jeta Pâris sans s'en faire davantage.

— J'ai comme le pressentiment que tu ne t'en tireras pas indemne. Mais enfin, si tu as besoin de moi, si tu es en danger, tu sais que...

— Mais qu'est-ce que tu vas chercher là, pauvre idiote ! rugit Pâris, vraiment agacé.

— Eh bien à tout à l'heure, alors, mon Pâris.

— C'est ça, ça me fera du bien d'être un peu seul.

Et Pâris quitta sa prairie. Ils ne se doutaient pas, ni elle ni lui, que les choses iraient très vite et qu'en fait de « tout à l'heure », ce ne serait pas de sitôt que Pâris reviendrait à ses moutons.

— Père, dit Pâris en se présentant au palais devant Priam et après les politesses et formalités d'usage, père, j'en ai un peu assez des troupeaux, je voudrais voir du pays.

Ses frères et sœurs s'esclaffèrent sous cape. Avec pas mal de mépris, ils se demandaient ce que Pâris saurait jamais faire de mieux que s'occuper de moutons.

— Ça tombe bien, mon fils, j'avais justement le projet de te confier une mission d'ambassadeur.

Cette idée venait de lui être soufflée par Aphrodite, invisible derrière le trône. Il croyait que l'idée venait de lui, mais pas du tout.

— Et une mission vers où ? dit Pâris, soupçonneux.

— Une ambassade, on croit rêver, se dirent à mi-voix les frères et sœurs.

— Une mission diplomatique vers Sparte, mon cher fils. Mon collègue, le bon roi Ménélas…

« Ménélas, quel heureux hasard », pensa Pâris, ébloui. Mais c'était encore un coup de la déesse qu'il avait choisie.

— Tu rêves, Pâris ? Mon collègue, le bon roi Ménélas donc, voudrait savoir si nous sommes toujours amis. Tu lui répondras que oui, naturellement. Je ne vais pas me mettre la Grèce à dos quand l'économie ici est suffisamment difficile à maintenir. Nous sommes prospères, certes, mais des ennemis coûtent cher. Tu lui diras donc, Pâris, que lui, Ménélas, fait partie de mes amis les plus précieux. Le roi des Spartiates, tu penses. Les Spartiates sont connus pour être redoutables au combat, les meilleurs soldats du monde. Prends-en de la graine, Hector. Enfin, bon, revenons à nos moutons, euh, je veux dire, à toi, Pâris : je vais faire préparer quelques amphores de bon vin que tu lui apporteras, quelques cadeaux pour sa femme aussi.

Le sang de Pâris ne fit qu'un tour, vraiment, on lui facilitait la tâche.

— Quand dois-je partir ?

— Quand tu veux, mon fils, mais assurément, le plus tôt sera le mieux.

Et tant pis pour Œnone qu'il n'aurait pas le temps de revoir.

— Père, intervint Cassandre, une des sœurs de l'heureux élu, tu ne devrais pas envoyer Pâris à Sparte, n'importe où ailleurs, mais pas à Sparte.

— Tais-toi, Cassandre, intervint Pâris, on ne t'a rien demandé.

— Je vois du malheur autour de Pâris, à cause de cette mission à Sparte.

— La ruine de Troie, rien de moins, appuya Hélénos, le jumeau de Cassandre.

— Ma pauvre Cassandre, mon pauvre Hélénos, vous nous prédisez toujours les pires catastrophes, dit Priam avec commisération.

— C'est sérieux, cette fois, dirent les jumeaux en chœur. Troie à feu et à sang.

— Ne les écoute pas, père, dit Pâris, je veux aller à Sparte, moi.

— Et tu iras, dit Priam, tu iras en dépit de ces oiseaux de mauvais augure.

— Personne ne se doute… dit Cassandre.

— … du malheur qu'il attirera sur nous tous, compléta Hélénos.

Mais on ne les entendit pas, ou si peu.

— Je prépare mes bagages et je prends le premier bateau, frétilla Pâris, tout excité à l'idée du départ.

— Et bon vent, dirent en rigolant quatre-vingt-dix-sept des quatre-vingt-dix-neuf frères et sœurs du héros, ex-berger et maintenant ambassadeur.

10
LA PLUS BELLE FEMME DU MONDE

On fit donc les bagages du voyageur, on affréta un beau bateau avec des marins chevronnés et voilà comment, quelques jours plus tard, Pâris partit pour Sparte, ravi à l'idée de voir enfin la femme qui allait lui donner le Grand Amour, et assez épaté que tout se combine aussi bien.

Ah ! Sparte, ville magnifique, célèbre pour ses soldats bien entraînés, ses femmes courageuses, la saine simplicité de ses édifices, ses richesses aussi.

Aussitôt arrivé en ville, Pâris présenta son ordre de mission diplomatique et fut conduit au palais. Des serviteurs le suivaient avec de pleines malles de présents, en plus de ses affaires personnelles. Pâris, dès qu'il avait été en vue de la côte de Sparte, s'était habillé de frais, préparé au mieux et il faisait maintenant splendide figure en passant la porte ferrée du palais royal : il marchait d'un pas ferme et assuré, bien mis en valeur par une tunique de laine fine bordée de galon de couleur, il était bronzé par le voyage en mer, bien coiffé, bouclé naturellement, et les cheveux retenus par un lien brodé, son célèbre sourire sur le visage, ses beaux yeux prêts à dévorer l'image de la reine dès qu'il la verrait. Les femmes spartiates qui le virent passer le trouvèrent très bien de sa personne. À Sparte, les hommes, déformés par vingt ans de service militaire obligatoire, avaient une apparence plutôt austère, rude, sans fantaisie. La vue du joli Pâris les changeait un peu, ça les séduisait beaucoup, ce raffinement pratiqué dans les pays étrangers.

Au moment où Pâris passait la porte du palais, introduit par le grand chambellan, Hélène était dans la grande salle aux côtés de son époux Ménélas. Elle s'ennuyait. Elle trouvait que les Spartiates n'avaient décidément aucun charme. Au même moment, Aphrodite, invisible, se tenait derrière le couple royal et son complice, le petit Éros, son arc doré à la main, sa flèche d'or déjà engagée, voletait de-ci de-là en attendant le moment idéal pour toucher le tendre cœur de la belle Hélène.

— Entre, ambassadeur, entre, invita Ménélas de sa belle voix chaude.

C'était un homme solide, bien bâti, bien installé sur son trône, sûr de lui, serein de la sérénité que donne une parfaite confiance dans ses forces, en l'occurrence dans les forces de sa cité.

— Je suis envoyé par mon père Priam de Troie, commença maladroitement Pâris.

— Je sais bien, dit Ménélas, et il entonna un petit discours de bienvenue.

Petit discours que d'ailleurs Pâris n'entendit pas le moins du monde, tant il s'efforçait de ne pas regarder la reine, assise à la droite du roi. Il avait réussi à tenir le coup quelques secondes, mais bien sûr, il avait fini par céder, et bien content de le faire, encore. Ah, évidemment, il ne s'était pas attendu à perdre ses moyens comme cela. Pour un peu, il s'en serait évanoui de bonheur.

La reine Hélène était la beauté faite femme, la beauté suprême, un rêve qui prend corps. Pâris n'eut pas le temps de l'admirer en détail (il se gardait ce temps-là pour plus tard, tranquillement), mais ce qu'il vit en général lui remplit les yeux, le cœur et l'esprit pour toujours.

Donc Pâris reconnut Hélène pour son aimée et se

dit que Ménélas n'était qu'un triste incident de parcours : la déesse saurait faire le nécessaire.

Tandis que Ménélas continuait à dévider ses paroles de bienvenue et son petit compliment, il lança à Hélène un regard non plus en biais, mais bien franc, et même un sourire encore un peu timide. En plus d'être joli garçon, Pâris avait aussi, nous l'avons déjà fait comprendre, un très joli sourire…

La reine, qui le regardait depuis qu'il était arrivé – une nouveauté, quand on s'ennuie, c'est toujours intéressant à examiner –, succomba à ce sourire, d'abord parce que c'était prévu, ensuite parce que Aphrodite lui souffla dans l'oreille, sans qu'elle l'entende distinctement, bien sûr : « Regarde, Hélène, ce joli Troyen t'est réservé et il est déjà attiré par ta beauté », enfin parce que, à ce moment précis, Éros décocha sa flèche qui passa par l'œil de la belle pour trouver le chemin de son cœur.

Et voilà. Le mal était fait.

11

LA GUERRE DE TROIE AURA BIEN LIEU

Du haut de l'Olympe, les dieux, qui décidément passaient ces jours-ci beaucoup de temps au balcon, admirèrent ce beau coup.

— Essai transformé, ma chère Aphrodite, dit Zeus. Si, si, sincèrement, félicitations. C'est rare qu'un coup de foudre soit si subtilement amené.

Aphrodite sourit modestement :

— Oh, c'était un plaisir. Ce pauvre garçon, il y tenait tellement, à son grand amour. Le voilà à pied d'œuvre, maintenant, c'est à lui de tirer parti de la situation.

— Hum, est-ce que ça ne pourrait pas tourner mal, en fin de compte ? interrogea Athéna. C'est souvent qu'on ne maîtrise pas les conséquences.

— Qui peut savoir ? remarqua Arès. Et ce ne

serait peut-être pas une mauvaise chose qu'une bonne bagarre, voire une petite guerre, ajouta ce dieu guerrier.

— Bah, pour une pomme… dit Héra qui avait à peu près oublié que, quelques jours plus tôt, elle aurait bien arraché les yeux de ses rivales pour cette pomme. Au fait, qu'est-ce que tu en as fait ? demanda-t-elle à Aphrodite.

— Mise dans ma vitrine avec quelques souvenirs, dit Aphrodite. Mais c'est Héphaïstos qui en est le plus fier, il est vraiment drôle, quelquefois.

— Pas fier de la pomme, fier d'avoir la plus belle des déesses, renchérit Athéna en riant comme s'il ne s'agissait que d'une simple plaisanterie.

— Oui, c'est ce qu'il croit, dit innocemment Aphrodite, enfin, je veux dire, pour ce qui est de m'avoir. Moi, je ne suis à personne.

Quelques dieux possessifs qui avaient eu les faveurs de la déesse se récrièrent un peu, mais au fond, tout le monde savait qu'elle avait raison, personne ne la possédait jamais tout à fait, et son mari pas plus que les autres. Enfin, passons…

Dans le palais du roi de Sparte, Pâris et Hélène ne se quittaient plus des yeux. Le temps passa, quelques jours de temps humain, un temps divin indéterminé. Qu'allait-il arriver ? Même les dieux – surtout les dieux – l'ignoraient, mais ils s'intéressaient tout de même à ce que seraient les prolongements de la petite facétie d'Éris, de la compétition entre les trois déesses, maintenant réconciliées, et qui seraient bientôt occupées à d'autres affaires.

— Ah ! faites-moi penser, disait Zeus de temps à autre, il faut que je fasse sérieusement la leçon à cette peste d'Éris.

Mais il ne le faisait jamais.

Tout de même, Aphrodite gardait un œil sur ses protégés. Elle avait beau dire qu'elle mettait le maximum de chances du côté des amoureux, elle n'avait pas tout à fait pu éliminer la question de Ménélas.

Enfin, elle avait fait ce qu'elle avait pu. Quand un oncle du roi décéda inopinément, Ménélas se rendit aux obsèques. Pâris et Hélène en profitèrent pour filer le parfait amour d'abord, pour filer à l'anglaise et à Troie ensuite.

— Quoi ! dit Priam à son benêt de fils. Qui est cette femme si belle que tu nous ramènes de Sparte ?
— C'est la reine, dit fièrement le nigaud.

— La reine ? Quelle reine ? Hélène ? Catastrophe ! mais tu vas nous attirer les foudres de Ménélas ! N'avais-tu pas compris au contraire qu'il fallait que Ménélas reste en d'excellentes dispositions vis-à-vis de Troie ?

— Je te l'avais dit, remarqua sombrement Cassandre.

Et la voix de son jumeau fit écho :

— Pâris, en nous amenant Hélène, nous amène aussi le malheur.

— Mais non, dit Pâris. Et d'ailleurs nous nous aimons.

Hélène, elle, ne disait rien. C'était une femme très belle, certes, mais pas très bavarde. Comme généralement elle se contentait de paraître pour convaincre, elle avait perdu l'habitude de faire des discours et de donner des explications ou des justifications.

— C'est vrai qu'elle est très belle, dit pensivement Priam, déjà à moitié amoureux, et il pardonna à son fils la bêtise qu'il avait faite en violant les lois de l'hospitalité.

À Sparte, Ménélas mit du temps à s'apercevoir que quelque chose clochait.

Les dieux, qui saisissaient n'importe quel prétexte pour ne pas s'ennuyer, avaient fait des paris passionnés :

— Je parie que Ménélas cherchera à récupérer Hélène et à se venger.

— Et moi je parie que Pâris et Hélène se lasseront l'un de l'autre avant que Ménélas se soit rendu compte de rien.

— Je parie que les Troyens voudront à tout prix garder Hélène, non comme otage, mais uniquement pour sa beauté.

— Pour avoir entre leurs murs la plus belle femme du monde.

— Je parie que les Troyens ne seront jamais prêts pour la guerre.

— Quelle guerre ? Vous croyez vraiment qu'il y aura la guerre ? bondit Arès qui trouvait enfin une raison de s'intéresser à quelque chose.

— Oui, et s'il y a la guerre, je ne peux pas être du côté de Troie, vu que Pâris m'a refusé la pomme et s'est en conséquence privé de la possibilité d'être un chef de guerre hors pair, dit Athéna en riant. Alors je serai du côté de Sparte.

— De Sparte ? À quoi penses-tu ? Ménélas va rameuter tout le reste de la Grèce. Ce ne sera pas Sparte contre Troie, ce sera la Grèce entière contre Troie.

— Oh, alors le temps qu'ils se mettent tous d'accord, le projet aura capoté avant. Les Grecs n'arrivent JAMAIS à se mettre d'accord sur quoi que ce soit, c'est bien connu.

— Pas sûr, pas sûr. Ménélas est long à la détente, mais ensuite il est tenace : il peut arriver à les grouper tous autour de lui sur un grand projet. Ce n'est pas qu'Hélène soit un grand projet, mais combattre Troie, prouver la supériorité de la Grèce…

— Moi, je suis comme Athéna, du côté des Grecs, dit Héra.

— Moi, je ne peux être que du côté des Troyens, naturellement, déclara Aphrodite de sa douce voix.

— Et moi, je suis du côté d'Athéna, bien sûr, dit Arès.

Ces deux-là marchaient toujours ensemble dans les grandes opérations.

Zeus fronça les sourcils et s'éclaircit la gorge, le silence se fit, il était nécessaire que sa déclaration soit reçue dans le respect de sa parole :

— Eh bien moi, j'arbitrerai donc, dit-il solennellement.

De toute façon, tout ce qu'il faisait était solennel.

— Et à propos, faites-moi penser à secouer un peu cette peste d'Éris. C'est tout de même elle, la cause de tout cela.

Mais Éris n'était jamais là, elle s'isolait des autres, elle préparait probablement quelque nouveau mauvais coup, à son habitude. Finalement, elle resta impunie. Ce qui est assez immoral, quand on y pense.

Mais Ménélas ne s'étant toujours pas rendu compte de l'absence suspecte d'Hélène, il ne se passait rien, et il ne se passerait rien tant qu'il ne prendrait pas conscience de l'affront.

— Dis, grand dieu, je peux aller lui dire, dis, je peux y aller, maintenant ? frétillait Hermès.

Enfin Zeus donna le feu vert. Sous la pression amicale des dieux et des déesses tenaillés de curiosité, il descendit de l'Olympe lui mettre les points sur les *i*.

— Ta femme n'est pas là ? demanda-t-il ingénument au roi.

— Non, elle part souvent à la campagne ou quelquefois au bord de la mer pour les vacances.

Elle est distraite, elle ne me laisse même pas un mot pour me prévenir. Je ne sais même pas où elle est, en ce moment.

— Eh bien moi, je le sais, où elle est.

Et de lui raconter qu'Hélène avait filé avec l'invité pendant son absence.

— Comment ! rugit Ménélas. Elle m'a laissé tout seul avec les enfants ! C'est que je sais très mal m'en occuper, moi, des enfants, c'est le travail d'une femme. Je suis roi, moi, tout de même.

— Bah, une nourrice, une nurse, une bonne, ça fait tout aussi bien l'affaire, assura Hermès. Mais n'oublie pas qu'il y a aussi ton honneur.

— Ah oui, c'est vrai, mon honneur, réalisa Ménélas. Et à ton avis, qu'est-ce que je dois faire, pour mon honneur ?

— Au minimum récupérer Hélène, lui faire une scène, te venger de Pâris.

— Me venger, c'est bien joli, mais comment ?

— Je ne sais pas, moi, en faisant la guerre aux Troyens, par exemple.

— La guerre, la guerre, c'est bien joli, mais il faut des troupes, ça se prépare, une guerre.

— Fais-toi aider, tu as des copains, non ?

— Des copains, des copains, c'est bien joli, mais

ils ne vont tout de même pas faire la guerre à Troie pour les beaux yeux de ma femme, ils rêveraient plutôt tous de me la piquer.

— Justement, justement, mets en jeu l'honneur de toute la Grèce. Il y a tant de si beaux Grecs et elle irait s'amouracher d'un Troyen ? Vous êtes tous dans le coup, et ça m'étonnerait qu'ils ne soient pas d'accord, les Grecs, tiens, tu vas voir.

— Oui, tu as raison. Nous, les Grecs, on ne va pas se laisser voler nos femmes par le premier Troyen venu. Je vais chercher les autres, mon beau-frère Agamemnon, Ulysse d'Ithaque, les deux Ajax et tous les autres. Tiens, je pense au petit Achille, tu sais, le fils de Thétis et de Pélée…

Leur fils ! Déjà ? Rappelez-vous, ce sont ceux du mariage du début. Eh oui, déjà, et même déjà en âge de faire bientôt la guerre. Quand je vous disais que le temps s'écoule différemment pour les hommes et pour les dieux !

Ménélas avait sorti un papier et un crayon pour faire une liste qui avançait déjà bien et faire aussi le compte des soldats que chacun serait prêt à jeter dans la bataille, des bateaux qu'il faudrait affréter pour rejoindre les rivages troyens, il pensa à ce qu'il ferait personnellement à Pâris s'il lui mettait la main dessus, aux reproches qu'il infligerait vertement à Hélène, et la liste des bijoux qu'il lui donnerait pour lui montrer qu'il l'avait pardonnée, et ainsi de suite.

Hermès avait parfaitement rempli sa mission. Chez les dieux, là-haut, on se frottait les mains. On voyait tout le parti de distraction qu'on pourrait tirer du conflit qui s'annonçait, et des forces que chacun des dieux mettrait dans la bataille.

— Mes enfants, mes enfants, ne vous emballez pas, ce ne sont que des mortels, après tout, temporisait Zeus, toujours raisonnable.

Mortels, en effet, c'était bien le mot... et ils allaient être payés pour le savoir.

Enfin, pour le moment, on n'en était qu'au projet, côté humain comme côté divin.

Sur l'étagère de la vitrine d'Aphrodite, la pomme d'or commençait à s'empoussiérer.

Chez les mortels, la Grèce était tout entière en train de s'enflammer sous un fameux cri de guerre, ainsi concocté par Ménélas lui-même, et dont les connaisseurs pourront apprécier la portée :

— À nous deux, Troie !

De Sparte à Athènes, d'Athènes à Ithaque, de

Delphes à Mycènes, comme une traînée de poudre reprise par des milliers de poitrines, le chant sauvage martelait la terre grecque :

— À nous deux, Troie !

Sur les bateaux qui finirent par partir, après des difficultés innombrables, un seul cri poussait les voiles :

— À nous deux, Troie !

Dans l'Olympe, les dieux riaient à gorge déployée au jeu de mots involontaire.

On ne rirait pas toujours dans les dix ans qui allaient venir, mais pour le moment, à part Cassandre et Hélénos, qu'on ne croyait jamais, personne ne le savait.

Alors laissons-les se débrouiller, de toute façon on n'y peut plus rien, ça s'est passé il y a des milliers d'années, et comme aujourd'hui nous sommes des gens raisonnables, il n'y a aucun danger que ça se reproduise.

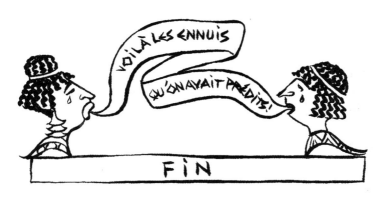

L'OLYMPE EN DOUZE LEÇONS

ZEUS : fils du Titan Cronos, détrône son père et prend le pouvoir dans l'Olympe, la résidence des dieux. C'est le chef de tous les dieux. Imbu de noblesse, il s'efforce d'avoir un rôle d'arbitre. Quand il se met en colère, cela occasionne des orages sur la terre.

Son symbole : la foudre.

POSÉIDON : frère de Zeus, il est le dieu de la mer et des marins. Ses colères, elles aussi célèbres, suscitent des tempêtes. Il est aussi le dieu des chevaux.

Symbole : le trident.

HADÈS : frère des précédents. Il règne sur le royaume des Enfers, où vont les âmes de tous les morts.

Maître du monde souterrain, il est en outre le dieu des mines et des métaux.

HÉRA : sœur des précédents, elle est en plus l'épouse de Zeus. Elle est affreusement jalouse (et ce d'autant plus que son mari se laisse facilement séduire). Elle est la déesse des maîtresses de maison.

Symbole : le paon.

ÉRIS : déesse de la discorde. Assurément, la pomme est sa plus belle réussite.

ARÈS : dieu de la guerre, toujours prêt à s'enflammer quand il est question de bagarre. C'est un dieu, dit la légende, souillé de sang, maudit des mortels, inspirant la crainte, satisfait d'entendre les gémissements sur les champs de bataille.

Son oiseau : le vautour.

ATHÉNA : jaillie tout armée du cerveau de son père Zeus, dont c'est l'enfant préféré, elle est la déesse de la sagesse, de la réflexion, de la mesure. Mais elle ne déteste pas la bagarre non plus. Elle se montre en effet pleine d'ardeur au combat. On la dit toujours vierge.

Son oiseau : la chouette.

APOLLON : dieu de la beauté, des arts et du soleil. Il répand partout la lumière et la musique. C'est un dieu tout à fait bénéfique et bienveillant, le plus souvent ami des humains.

Symbole : la lyre.

APHRODITE : déesse de la beauté et de l'amour. Certaines traditions la donnent pour tante de Zeus, d'autres pour sa fille. Irrésistible, sa seule apparition suffit à séduire tout le monde.

Son oiseau : la colombe.

HERMÈS : dieu des communications, du commerce, et des voleurs. Fils de Zeus, il est en outre le plus subtil et le plus astucieux de tous les dieux, le plus menteur aussi. Il sert de messager aux dieux.

Symboles : des sandales et un casque ailés.

ARTÉMIS : déesse de la lune et de la chasse, par extension des animaux sauvages. Toujours vierge, elle aussi.

Son animal : la biche.

HÉPHAÏSTOS : fils d'Héra, dieu boiteux et forgeron de l'Olympe. Plutôt méprisé par ses camarades. Époux d'Aphrodite ; le couple est assez mal assorti.

TROIE : UNE VIEILLE HISTOIRE

Bien avant l'histoire du choix de Pâris, la ville de Troie avait déjà fait parler d'elle. Cela se passait au temps du roi Laomédon.

Laomédon régnait sur une ville riche, certes, mais trop vulnérable, car elle n'était pas défendue. Il décida donc d'entourer Troie d'une muraille qui mettrait la ville à l'abri pour de nombreuses générations, et il embaucha pour cela un architecte. Or, il s'avéra que cet architecte était le dieu Apollon. Pour ce chantier gigantesque, Apollon se fit aider par Poséidon ; les deux dieux firent diligence et le chantier fut achevé comme prévu. Mais, peu fidèle à sa parole, Laomédon refusa de payer les maîtres d'œuvre, qu'il ne savait pas être des dieux. Mal lui en prit : les deux divinités bernées envoyèrent sur Troie une série de catastrophes. Les habitants de l'Olympe prennent généralement très mal qu'on se moque d'eux...

Apollon et Poséidon n'acceptèrent les excuses — un peu tardives — de Laomédon que s'il sacrifiait sa fille Hésione. La mort dans l'âme, le roi la fit attacher à un rocher au-dessus de la mer où elle devait être dévorée par un monstre marin. Mais assez ennuyé tout de même par le sort qu'il réservait à sa fille, Laomédon fit tout à coup machine arrière : « Je donnerai à celui qui délivrera ma fille mes deux magnifiques chevaux, donnés par Zeus lui-même », proposa-t-il à la cantonade.

Héraklès (plus connu sous le nom romain d'Hercule) accepta le marché. Mais là encore Laomédon trahit sa parole et quand Héraklès vint réclamer son dû après avoir vaincu le monstre, le roi de Troie refusa de livrer les chevaux. Héraklès ne laissa pas passer ces parjures à répétition et ce nouvel affront fait à l'Olympe : il tua Laomédon sans autre forme de procès et prit possession de sa ville.

Parmi ses enfants, Laomédon avait un fils, Priam, qui par les bonnes grâces d'Hercule lui succéda à la tête de Troie. Et c'est Priam qui allait éprouver les célèbres remparts, puisque c'est sous son règne qu'allait se dérouler la guerre de Troie. Les Grecs (on disait alors les Achéens) déboulèrent donc au grand complet pour les raisons que l'on sait et assiégèrent Troie neuf années durant. Les murailles étaient solides, mais bien mal acquis ne profitant jamais, elles n'empêchèrent pas la défaite des Troyens.

Mais, à propos, pourquoi ne pas lire *L'Iliade* et *L'Odyssée* (traductions inédites de Michel Woronoff dans la collection « Épopée », publiée chez Casterman) pour en savoir davantage sur la guerre de Troie vue par Homère ?

TABLE DES CHAPITRES

1. L'Olympe s'ennuie   5
2. À la plus belle   16
3. Un mortel bête, très bête   35
4. Pâris, Gardien en chef
   des Troupeaux du palais   43
5. Aphrodite, Athéna ou Héra ?   50
6. L'Olympe au balcon   60
7. Le concours   68
8. Aphrodite, naturellement   76
9. Pâris ambassadeur   83
10. La plus belle femme du monde   88
11. La guerre de Troie aura bien lieu   92

L'Olympe en douze leçons   104
Troie : une vieille histoire…   106

Béatrice Bottet a été professeur de lettres et d'histoire avant d'écrire pour les enfants et les adultes. Très sensible à l'empreinte du passé, elle adore « raconter » la Grande Histoire, mais s'intéresse aussi aux traditions, légendes, chansons, mythologies…

Dans *Rififi sur le mont Olympe*, elle donne vie, avec force et humour, au récit des débuts de la guerre de Troie. Elle s'attaquera ensuite aux douze travaux d'Hercule avec *Du Rififi pour Héraklès*, paru dans la même collection.

Dans la collection
Romans poche
Dès 10 ans

Béatrice Bottet
Fille de la tempête

Seuls arrivent à m'entrevoir ceux qui traînent un peu au-dessus de la ville engloutie, les jours d'ouragan où, en fille de la tempête, je remonte à la surface des eaux admirer les flots déchaînés et les vents hurlants chargés d'écume.

Fille de la tempête, la princesse Dahut nous entraîne à sa suite dans son royaume englouti. Le temps d'un souvenir, elle fait renaître pour nous l'ancien monde celtique, ses chevaux

magiques, ses fées et surtout sa légendaire cité d'Is, construite pour elle par le roi Gradlon sur une île au milieu des flots…

La légende d'Is, la cité engloutie.

François Johan
La Quête du Graal

Tous les chevaliers demeurent silencieux. Entre alors le précieux vase sacré, le Saint-Graal. Nul ne peut voir qui le porte. Une odeur merveilleuse et suave se répand dans toute la pièce. Devant chaque convive apparaissent les mets qu'il aime le plus au monde. Puis le Graal s'en va sans que l'on sache par où il est passé.

Maintenant commence la quête du Graal, ainsi que l'avait prédit Merlin. Les chevaliers ont prêté serment, mais parmi eux un seul, le meilleur, saura être digne de l'objet de merveille.

La fabuleuse quête du Saint-Graal, convoité par tous les chevaliers de la Table Ronde.

François Johan
Perceval le Gallois

Afin d'éviter d'être accablée d'un nouveau malheur, elle décida de protéger farouchement son dernier fils, qui avait nom Perceval, de toute rencontre avec la chevalerie.

Mais comment Perceval aurait-il pu échapper à son destin, lui qui devait devenir, auprès du roi Arthur et de Lancelot, un des plus valeureux Chevaliers de la Table ronde ?

Le courageux Perceval gagne fièrement ses armes de chevalier.

François Johan
Les Enchantements de Merlin

Lorsque l'enfant naquit, il émerveilla tout le monde. Dès sa venue au monde, il se mit à parler. Il le fit si bien, il tint des propos si raisonnables qu'il sut habilement défendre sa mère des accusations injustes qui pesaient sur elle. Elle appela son fils Merlin, puis se retira dans un monastère…

Ici commencent les fabuleuses aventures de Merlin, d'Arthur, de Guenièvre et des chevaliers de la Table ronde. Laissez-vous prendre au jeu de leurs exploits, de leurs amours, de leurs querelles et de leurs bravoures…

La naissance de la légendaire cour du roi Arthur.

François Johan
La destinée du roi Arthur

*Nous sommes sûrs, sire, que Lancelot et la reine s'aiment de fol amour. À ces mots, le roi Arthur pâlit subitement.
— Sire, dit Mordret, nous vous l'avons caché le plus longtemps que nous pouvions.*

*Le roi demeure dolent et pensif. À la fin, il dit :
— Donnez-moi la preuve de ce que vous dites. Je punirai ce traître comme il le mérite...*

Les serments d'allégeance et les serments d'amour ne font pas bon ménage : la guerre entre Arthur et Lancelot ne peut être évitée, la guerre d'un roi contre son meilleur chevalier.

Le dernier combat du roi Arthur.

François Johan
Lancelot du Lac

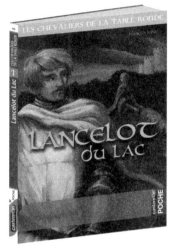

Viviane explique longuement au jeune homme attentif tous les devoirs du parfait chevalier. Elle lui dit comment il doit se montrer brave au service des faibles, loyal et preux à l'égard des bons, et dur envers les félons.
« Votre cœur est tel, conclut-elle, que je suis sûre que vous serez un des meilleurs chevaliers du monde. »

La Dame du Lac devine déjà combien les exploits de celui qu'elle a élevé seront grands. Mais imagine-t-elle la force de l'amour qui unira Lancelot à la reine Guenièvre ?

Les premières aventures de Lancelot, incarnation des valeurs chevaleresques et célèbre figure de la Table ronde.

Lilyan Kesteloot
Soundiata, l'enfant-lion

Certains racontent même que Sogolon fut enceinte pendant dix-sept ans, mais c'est sûrement exagéré. D'autres disent que son bébé sortait de son ventre pour aller chercher du bois, puis retournait y dormir.
Ce qui est sûr, c'est que lorsqu'il se décida à sortir pour de bon, le ciel s'obscurcit en plein jour, le tonnerre gronda, les éclairs fulgurèrent et la pluie inonda la savane en pleine saison sèche…

Ainsi les griots africains racontent-ils la naissance de Soundiata, fils d'un petit roi et d'une femme-buffle, fondateur au XIIIe siècle de l'empire du Mali.

La grande épopée de l'Afrique occidentale.

L'Odyssée

Chante, ô Muse, le héros aux cent détours qui a tant erré sur terre après avoir pillé la ville sainte de Troie, qui a vu tant de villes et connu tant de peuples, qui sur mer a tant souffert en son cœur, luttant pour sa vie et le retour de ses équipages. Déesse, fille de Zeus, débute où tu veux et raconte-nous l'histoire, à nous aussi.

Tous les Grecs qui ne sont pas morts devant Troie ont rejoint les leurs. Seul Ulysse erre encore sur les flots, jouet de la rancune de Poséidon. Et tandis qu'à Ithaque le souvenir du héros s'estompe, l'appétit des prétendants au trône s'aiguise…

Le premier et le plus grand romans d'aventures.

Les Aventures de Sindbad le marin

Ô maîtres, écoutez le récit de ce qui m'est arrivé au cours des sept voyages que j'ai entrepris. Ce sont là histoires bien étranges, aventures stupéfiantes et merveilleuses.

Redécouvrons les aventures de Sindbad, ce héros persan qui, dès le IXe siècle, s'en alla courir le monde et ses mystères pour le plus grand délice des conteurs du Moyen Âge arabe.

La grande odyssée du monde arabe.

L'Épopée du Roi Singe

Il y a longtemps de cela, il arriva que l'un des rochers du mont des Fleurs et des Fruits, travaillé par les éléments,

se fendit. Un œuf de pierre en sortit et roula en contrebas. Le vent joua longtemps avec lui et peut-être le féconda car un jour cet œuf de pierre se cassa. Et un être vivant apparut, recroquevillé sur lui-même. Il ressemblait à un homme… Mais c'était plutôt une sorte de singe…

Et de singe, il voulut devenir roi, et de roi, il voulut devenir immortel. Téméraire, insouciant et irrévérencieux, le Roi Singe va chambouler la quiétude de l'administration céleste.

La plus populaire des épopées chinoises.

Sophie Dieuaide
Œdipe Schlac ! Schlac !

Œdipe se fâche, il sort son épée et couic !
il le zigouille... ça y est ! Il a tué son père !
— Ça, ça me plaît comme
scène ! a lancé Baptiste.

Monter un spectacle
de qualité, ce n'est pas
si simple, surtout
quand on s'attaque à la
légende d'Œdipe !
Un vent de folie (grec)
souffle sur le théâtre
de l'école Jean-Jaurès.

« Œdipe roi... une tragédie ? »
Sophocle pourrait se le
demander !

Sophie Dieuaide
Minou Jackson, chat de père en fils

Mon fils était né. Je ne le quittais pas des yeux, je n'en respirais plus. Aucun doute, mon fils était cette chose rose et gluante. Mon Dieu, qu'il était laid ! Mais laid !

Minou Jackson ne s'attendait pas du tout à devenir père. À son grand désarroi, le petit accapare l'attention de tous et lui donne la très désagréable sensation d'être de trop…
Et on voudrait qu'il aime cette boule de poils laide, ignare et envahissante ?

Comment être un bon père ? Minou Jackson n'en a pas la moindre idée et ce n'est pas près de s'arranger…

Sophie Dieuaide
Ma vie, par Minou Jackson, chat de salon

« *Tu es là, mon minou ?* »
Bien sûr que j'étais là.
Où je serais allé ? Je ne
pouvais pas sauter du
huitième pour le plaisir
de l'exercice, c'est rare les
chats parachutistes...

Minou Jackson est un chat reconnaissant. Il suffit de le laisser en paix, sur son fauteuil, devant sa sacro-sainte télé 16/9, écran large et son stéréo. Mais on connaît les humains et leur faculté exceptionnelle de se compliquer la vie et de pourrir celle des autres. En déménageant en pleine cambrousse par exemple, là où on ne capte plus la moindre image !

Ce que ce chat va entreprendre pour retrouver sa télévision, aucune bête ne l'a jamais tenté !